一蓑烟雨任平生——苏轼词·中

叶嘉莹／主编　陆有富／注

台海出版社

目录

苏轼词·中

可知天海风涛曲，也杂人间怨断声

莫听穿林打叶声，
何妨吟啸且徐行。

苏轼词·中

可知天海风涛曲，也杂人间怨断声

二

道是无情是有情，钱塘万里看潮生。

可知天海风涛曲，也杂人间怨断声。

在前一节中，我们已曾论到苏轼天性中盖原禀赋有两种不同之特质：一种是儒家用世之志意，另一种则是道家旷观之精神。前者是他欲有所为之时的立身之正途，后者则是他不能有为之时的慰藉之妙理。

苏轼之开始致力于词之写作，既是在其仕途受到挫折以后，则其词之走向旷观之风格，便自是一种必然之结果。何况我们以前在论欧阳修词时，还曾提到过“观人于揖让，不若观人于游戏”的话，一般人作词之态度既不像作诗之态度那样严肃，因此当其写词之时，反而

也就更能摆脱在严肃的文学作品中之有意为之的拘束，而往往可以更加自然地流露出自己天性中之某些特质。所以苏轼的词作，乃较之其全集中之其他体式的文学作品，更为集中地表现了这种超旷之特质。

当然，苏轼词中原不仅只有旷观的一种风格，不过旷观乃是苏之所以异于其他诸词人的主要特色。关于此一特质，也有人以豪放称之，且将之与南宋之辛弃疾并称，以为苏、辛二家乃两宋豪放词人之代表作者。其实苏、辛二家之词风原不尽同，王国维在其《人间词话》中即曾云“东坡之词旷，稼轩之词豪”，这是极有见地的话。盖辛词沉郁，苏词超妙；辛词多愤慨之气，苏词富旷逸之怀。虽然二人皆有其能“放”之处，而其所以为“放”者，则并不相同。一般说来，辛词之放，是由于一种英雄豪杰之气；而苏词之放，则是由于一种旷达超逸之怀。这便是我之所以舍弃“豪放”二字面以“旷观”称述苏词的缘故。如果说苏词中也有表现为英雄豪杰之气者，则最为众所熟知的一篇作品，自当推其《江城子》（老夫聊发少年狂）一首为代表。然而如此词之风格者，在苏词中实在并不多见，所以此种风格乃但能视之为苏词多种风格中之一种，而不能将此种风格视为苏词之主

要特质也。

至于其主要风格之超旷的特质，则一般人的认识对之也各有不同。以下我们就将略举几家重要的说法来一作参考。最常为众人所引用的，如胡寅之《酒边词序》云："眉山苏氏，一洗绮罗香泽之态，摆脱绸缪宛转之度，使人登高望远，举首高歌，而逸怀浩气，超乎尘垢之外。"又如王若虚《滹南诗话》卷中云："盖其天资不凡，辞气迈往，故落笔皆绝尘耳。"再如周济《宋四家词选目录序论》云："东坡天趣独到处，殆成绝诣。"更如刘熙载《艺概》卷四云："东坡词颇似老杜诗，以其无意不可入，无事不可言也。"又云："东坡词具神仙出世之姿。"以上诸说，大抵皆为对苏词旷观之特质的有见之言，而且各种观点也都有可供发挥阐释之处。但本文既因篇幅及体例之限制，故不拟在此更为推演，且凡此诸说既为一般读者之所共有的感受，则亦不需本文于此再费笔墨来述说人所共见之言。现在我们在引述诸说之后，所要提出来讨论的，乃是在这些说法中，过去也曾有两点颇引起过一些人们的疑问和争议。其一是苏词既是"一洗绮罗香泽之态，摆脱绸缪宛转之度"，是否这便表示了苏轼为人之"不及情"的有情无情的问题；其

二则是苏词既是“天趣独到”“逸怀浩气，超乎尘垢之外”“具神仙出世之姿”，有如此旷观之襟怀与意境，然而却也有人从苏词中见到了其“寄慨无端”之处，与“幽咽怨断之音”的问题。以下我们就将对此二问题一加讨论。

先谈苏轼之是否“不及情”的问题。王若虚之《滹南诗话》卷中即曾载：“晁无咎云：‘眉山公之词短于情，盖不更此境耳。’陈后山曰：‘宋玉不识巫山神女而能赋之，岂得更而后知？’是直以公为不及情也。呜呼，风韵如东坡，而谓不及于情，可乎！”本来，自五代以来，词既然是在歌筵酒席间传唱的歌词，所以几乎历代词人之作品中，都或多或少地曾经留有一些为歌儿舞妓写作的歌词，此在苏轼也并非例外。不过，在苏轼的这一类作品中，却表现了几点与别人不同之处。其一是苏轼虽然也为一些美丽的女子填写歌词，但其中却大多是为友人之姬妾、侍儿而作，因此很少有私人一己之感情介入其间；其二是在苏轼的笔下，即使同样是写美女，也不同于一般俗艳之脂粉，而别具高远之情致。即如其赠赵晦之吹笛侍儿的《水龙吟》（楚山修竹如云）一首词，其开端数句写笛之材质，便已可见苏轼之健笔高情。至其

结尾数句之“嚼徵含宫，泛商流羽，一声云杪。为使君洗尽，蛮风瘴雨，作霜天晓”数句，写侍儿之吹笛，则更复寄兴高远，直欲以笛音胜过人间贬谪蛮风瘴雨之苦难矣。再如其为王定国歌儿柔奴所写的《定风波》（常羡人间琢玉郎）一首词，其上半阕结尾“自作清歌传皓齿，风起，雪飞炎海变清凉”数句，既写得矫健飞扬，后半阕结尾“试问岭南应不好，却道，此心安处是吾乡”数句，也写得旷达潇洒。如此之类，是虽写歌儿舞妓，而并不作绮罗香泽之态者也。

至于苏轼自己赠妓之词且写得颇为有情者，则前后盖有两度，第一次是当苏轼自杭州通判移知密州经过苏州时所写的《醉落魄·苏州阊门留别》一首词，其下半阕之“离亭欲去歌声咽，潇潇细雨凉吹颊。泪珠不用罗巾浥，弹在罗衫，图得见时说”诸句，写得极为凄婉。再有则是苏轼将要自徐州移知湖州时所写的《江城子·别徐州》一首词，其中有“为问东风余几许，春纵在，与谁同”及“欲寄相思千点泪，流不到，楚江东”之句，写得也极为婉转缠绵，而且这两度的离别之作，都不仅只写了一首词而已。前者在《醉落魄》之前，还写有一首《阮郎归》（一年三度过苏台）的词，后者则在

《江城子》以后还写有一首《减字木兰花》（玉觞无味）的词。从这四首词来看，苏轼所写都并不是泛泛的赠伎之作，而该是果然有惜别之情的作品。盖当时苏轼正在仕途受到挫折流转各地之时，而从他在《醉落魄》一词前半阕所写的“旧交新贵音书绝，惟有佳人，犹作殷勤别”的话，和《江城子》词开端之“天涯流落思无穷”之句来看，是苏轼既满怀失意流转之悲，而此两地之怜才红粉乃如此殷勤惜别，则苏轼对之自然亦复不免有情。只是尽管是如此有情的作品，苏轼在《减字木兰花》一首词的结尾之处，也还是写了“一语相开，匹似当初本不来”的超解之辞；而且在前半阕的结尾处，也还写了“学道忘忧，一念还成不自由”的话，则其不欲为此多情之一念所拘缚，而欲获致心灵上超解之自由的意愿，也还是隐然可见的。

古人有云：“圣人忘情，最下不及情，情之所钟，正在我辈。”苏轼固未能全然忘情，更绝非不及情者，然其高旷之资禀，则又使其不欲为情之所拘限。他曾写有送陈令举的《鹊桥仙·七夕》词一首，云：“缑山仙子，高情云渺，不学痴牛骇女。凤箫声断月明中，举手谢、时人欲去。　客槎曾犯，银河波浪，尚带天风海雨。相

逢一醉是前缘，风雨散、飘然何处。”陆游跋苏轼此词（见《渭南文集》卷廿八）曾云：“昔人作七夕诗，率不免有珠栊绮疏惜别之意。惟东坡此篇，居然是星汉上语。歌之，曲终，觉天风海雨逼人。”盖苏轼天资既高，襟怀又旷，故其用情之态度乃能潇洒飘逸，如天风海雨。像他在《八声甘州》一词中所写的“有情风万里卷潮来，无情送潮归”，飘然而来，倏然而逝。刘熙载《艺概·词概》曾云：“东坡词在当时鲜与同调，不独秦七、黄九别成两派也。晁无咎坦易之怀，磊落之气，差堪骖靳，然悬崖撒手处，无咎莫能追蹑矣。”其所谓“悬崖撒手”者，就正指的是苏轼之用情，有一种倏然超解的意境，固不必以世俗之见对之作有情无情之争论也。以上是我们就苏词之旷观是否便尔“不及情”一点，所做的讨论。

其次，我们再谈苏词在旷观之特色中，是否也有“寄慨无端”之处及“幽咽怨断之音”的问题。本来清代之陈廷焯在其《白雨斋词话》卷一中，即曾谓词至东坡“寄慨无端，别有天地”。近人夏敬观则曾将苏轼词分为两类，云：“东坡词如春花散空，不著迹象，使柳枝歌之，正如天风海涛之曲，中多幽咽怨断之音，此其上乘也。若夫激昂排宕，不可一世之概，陈无己所谓：‘如教

坊雷大使之舞，虽极天下之工，要非本色。’乃其第二乘也。”（见《唐宋名家词选》引《映庵手批东坡词》，至其所引陈无已云云，则见于陈师道之《后山诗话》）本来，如我们在前文所言，苏词之以超旷为其特质，原为一般读者之所共见；只是一则既有人对此超旷之特质各有不同之体会，再则也有人对于词中是否可以表现超旷之风格各有不同之意见，要想说明此种复杂之情况，首先我们就不得不对苏词本身超旷风格之复杂性略加探讨。

原来伴随着苏词之超旷的特质而同时出现的，也还有一些粗犷率易的弊病。即以其早期之作品言之，如其任杭州通判时所写的《风水洞作》一首小令《临江仙》词，其开端之“四大从来都遍满，此间风水何疑”两句，用佛教之以“地水火风”为“四大”之说，来写风水洞，全无真正之感发及情意，就已不免有粗率之病。再如其自杭州赴密途中所写的第一首长调《沁园春》词，其下半阕之“当时共客长安，似二陆、初来俱少年。有笔头千字，胸中万卷，致君尧舜，此事何难。用舍由时，行藏在我，袖手何妨闲处看。身长健，但优游卒岁，且斗尊前”诸句，便亦不免有粗率之病。此盖由于苏轼之才气过人，故为文下笔之际，乃有时不免有率易之处。

昔周济在《介存斋论词杂著》即曾云："东坡每事俱不十分用力，古文、书、画皆尔。"又云："人赏东坡粗豪，吾赏东坡韶秀，韶秀是东坡佳处，粗豪则病也。"而世人之读东坡词者，乃竟有人专赏其放旷而近于粗豪浅率之作，如此者自非苏词之真正赏音。而又有些读者，其胸中先有一成见，以为词之传统必须以柔媚婉约为主，因此乃对苏词抱有一种成见，以为此非词之本色。陈师道《后山诗话》即曾云："退之以文为诗，子瞻以诗为词，如教坊雷大使之舞，虽极天下之工，要非本色。"据蔡絛《铁围山丛谈》卷六载"太上皇在位，时属升平，手艺人之有称者"，以下乃列举棋、琴、琵琶诸艺人，然后曰："舞有雷中庆，世皆呼之为雷大使。"是则雷大使本为当时著名之舞人，舞艺极天下之工。而陈师道（后山）认为"非本色"者，其意盖以为舞者皆当为妙龄之女子，今以男子而舞，则虽舞艺极工，亦非本色矣。如此之论，乃是想要把词一直保留在晚唐、五代以来之柔媚的传统之中，以为超旷之风格，非词中所宜者。若此之说，盖昧于任何一种文体，在历史的演进中，都必有其更新拓展之自然趋势，故其所见乃不免有偏狭之处。至于夏敬观以陈后山所拟之为"雷大使之舞"者为苏

词之第二乘，而以其“如天风海涛之曲，中多幽咽怨断之音”者为第一乘，则是又将苏词的超旷之特质分为二类。一类为全然放旷，“激昂排宕”之近于粗豪者，为第二乘；另一类则是如“天风海涛之曲”具有超旷之特质，却并不流于粗豪，而“中多幽咽怨断之音”者，为苏词之上乘。私意以为夏氏之言实甚为有见。盖苏词于超旷之中乃偶或确有幽咽怨断之音的流露，也就是陈廷焯所说的“寄慨无端，别有天地”之处。而苏轼却又能将其幽怨的悲慨，写得如“春花散空，不著迹象”，所以乃不易为一般人之所察觉耳。盖如前文所言，苏轼在天性中既原禀有“欲以天下为己任”的“用世之志意”，也同时禀有“不为外物得失荣辱所累”的“超然之襟怀”，所以当他在仕途受到挫折时，虽也能以超旷之襟怀，作为自我解脱与安慰之方；然而究其本心，则对于用世之志意却也并不曾完全放弃。这只要我们一看苏轼平生之事迹，就可以得到具体的证明。

苏轼一生屡经迁贬，但无论流转何方，也无论在朝在野，他都未曾放弃其系心国事、关怀民瘼的志意，而且无论对己对人，他也都一直做着一种“与人为善”的努力。他在知密州任内之祈雨救灾，在知徐州任内治平

水患，在知杭州任内之浚湖筑堤，在疾疫流行时之广设病坊，甚至在晚年流迁惠州时还曾率众为二桥，以济病涉者。而即使他当年经历了九死一生的乌台诗狱，贬到黄州，受人监管不得签书公事之时，他还曾研思著述，不仅为世人留下了许多篇极好的诗、词、文、赋，还曾研读《易经》《论语》。开始了《易传》与《论语说》之写作。其后当元祐之际他再度入朝，也并未曾因为以前曾以直言系狱，便改变他立言忠直的作风。他的“欲以天下为己任”的“用世之志意”，丝毫也未曾因为忧患挫折而有所改变。则苏轼之绝未全然忘情于世，从可知也。

至其立身之态度，则有他写给友人的两封书简，颇可以作为参考。一封是当他贬官黄州时，给李公择写的信，其中有云：“吾侪虽老且穷，而道理贯心肝，忠义填骨髓，直须谈笑于死生之际，若见仆困穷，便尔相怜，则与不学道者大不相远矣。”又一封信，则是当他在元祐年间，与朝中旧党论政不合，想要请求外放时写给杨元素的信，其中有云：“昔之君子，惟荆是师（按，荆指王安石），今之君子，惟温是随（按，温指司马光），所随不同，其随一也。老弟与温相知至深，始终无间，然多不随耳。致此烦言，盖始于此。然进退得丧，齐之久矣，

皆不足道。”(《续集》卷六《书简》)

我以为从这两封信，我们很可以看到，苏轼在立身之道上，既有其坚毅之持守，而在处得失之际时，又有其超旷之襟怀。此二封书简可谓同时流露了他所禀赋的双重特质，也表现出这两种特质对于他而言，乃是既相反又相成，可以互相融会而为用的。他的词既大多写于宦途失意流转外地之时，所以表面看来乃大多以超旷之风格为其主调，然而究其实，苏轼则绝非忘怀世事无所关心的人，他与某些不分黑白是非，只求独善其身，更且自命为高士的人物是完全不同的。所以在苏轼词中，虽以超旷为其主调，然而，其中却时而也隐现一种失志流转之悲。即以其最著名之词作为例，如其《中秋夜怀子由》的那首《水调歌头》，开端之：“明月几时有，把酒问青天。不知天上宫阙，今夕是何年。我欲乘风归去，又恐琼楼玉宇，高处不胜寒。起舞弄清影，何似在人间。”郑文焯曾称此词，谓其“发端从太白仙心脱化，顿成奇逸之笔”，其飘逸高旷之致，诚不可及。然而，其中却实在也隐然表现了他自己内心深处的一种入世与出世之间的矛盾的悲慨，而这种悲慨，却又写得如“春花散空，不著迹象”。相传神宗读此词，至“琼楼玉宇”数

句，曾以为“苏轼终是爱君”。

读词者固无妨有此一想，然若指实其为有不忘朝廷的忠爱之意，则反似不免有沾滞之嫌矣。再如其《赤壁怀古》之一首《念奴娇》，其开端数句“大江东去，浪淘尽、千古风流人物”，其气象固然写得极为高远，结尾的“人生如梦，一樽还酹江月”两句，语气也表现得甚为旷达。但事实上则在“公瑾当年”之“谈笑间、樯橹灰飞烟灭”，与自己今日之迁贬黄州，志意未酬而“早生华发”的对比中，也蕴含着很多的悲慨。而世人乃有因见其“人生如梦”之外表字样，便评讥之以为消极者，若此之类，盖与另一些但赏其粗豪之作，便以为积极者，同其肤浅矣。

至于苏轼在黄州所写的一些小令之作，如其《沙湖道中遇雨》的一首《定风波》词，他所表现的在“穿林打叶”之风雨声中“吟啸徐行”的自我持守的精神，以及“回首向来萧瑟处，也无风雨也无晴”之超然旷达的观照，则更是将其立身之志意，与超然之襟怀做了泯没无痕的最好的融会和结合。但事实上则在其“穿林打叶”的叙写中，又有他对自己在人生之途上所遭受的挫折和打击的悲慨。

再如后来在元祐年间，他既曾因与朝中旧党论事不合，请求外放，出知杭州，两年后又被召还朝，曾写有“寄参寥子”一首《八声甘州》词，全词是：“有情风万里卷潮来，无情送潮归。问钱塘江上，西兴浦口，几度斜晖。不用思量今古，俯仰昔人非。谁似东坡老，白首忘机。 记取西湖西畔，正春山好处，空翠烟霏。算诗人相得，如我与君稀。约他年、东还海道，愿谢公、雅志莫相违。西州路，不应回首，为我沾衣。”这首词，我以为实在是苏词中最能代表其“天风海涛之曲，中多幽咽怨断之音”的一篇作品。此词开端二句写万里风涛，气象开阔，笔力矫健，外表看来似乎极为超举，然而在其“有情”“无情”与夫“潮来”“潮归”之间，却实在也隐含有无穷感慨苍凉之意。其下继以“问钱塘江上”至“俯仰昔人非”一段，写古今推移之中，人间的盛衰无常，便正是对前二句所透露的感慨苍凉之情意的补述和完成。而却于此种悲慨之后，突然转入“谁似东坡老，白首忘机”二句，乃脱身一跃而起，若此等处，真所谓“悬崖撒手”“他人莫能追蹑”者矣。

及至下半阕，则自“记取西湖西畔”以下三句，换笔写记忆中难忘之西湖美景，意致清丽舒徐，正可见周

济所称述的苏词的“韶秀”之美。而后接以“算诗人相得，如我与君稀”二句，写苏轼自己与参寥子二人间之交谊，在前面的“春山好处，空翠烟霏”之美景的衬托之下，这一份“诗人相得”之情，真是千古所稀，今日读之，犹使人艳羡不已。而其下“约他年、东还海道，愿谢公、雅志莫相违”二句，则苏词之笔锋又再度转折，用东晋谢安之虽受朝寄而不忘东山归隐之志的故事以自喻。这正是中国古代士大夫之将入仕的用世之志意，与归隐的超旷之襟怀相结合的一个很好的典型。而且也正因为有此超旷之襟怀，入仕时方能不为利禄所陷累，而保持住清正之持守。

至于就谢安而言，则他入仕以后既曾以其侄谢玄等淝水克敌之功，官至太保，然而却也曾因功高见忌而出镇新城，乃造泛海之装以自随，欲循江路归隐东山，而未几乃遇疾不起，东归之志，始终未就。苏轼用此谢安之故事以自喻，“东还海道”既有暗指重返杭州与参寥子再聚之愿望，同时也表现了自己此度再次蒙召入朝，也正如当日谢安之既有用世之心也怀出世之志，而未知他日此双重愿望与志意之能否成就，言外自有无穷恐惧志意终违之悲慨。结尾三句“西州路，不应回首，为我沾

衣"，则仍用谢安之故事。盖谢安在新城遇疾之后，重返都城建康之时，乃舆病入西州门（故址在今南京市西）。安卒后，其甥羊昙行不由西州路。一日醉中不觉过州门，乃悲感不已，痛哭而去。东坡用此故事，虽改为宽慰之辞，曰"不应回首，为我沾衣"，然究其实，则岂不因苏轼心中正有此生死离别之悲感之故欤。综观此词，则一起之开阔健笔，确如天风海涛之曲，而前片结尾之"白首忘机"亦大有超旷之怀，然而中间几度转折，既有今古盛衰之慨，又有死生离别之悲，更虑及于入朝从政之忧危，知交乐事之难再。百感交集，并入笔端。夏敬观谓其"中多幽咽怨断之音"，良非虚语也。

总之，苏轼之词，虽以超旷为其主调，然其超旷之内含却并不单纯。其写儿女之情者，是用情而不欲为情所累，故当观其入而能出之处；其写旷逸之怀者，则又未全然忘情于用世之念，故又当观其出中有入之处；至其偶有失之粗豪浅率者，则是高才未免于率易之病，固当分别观之也。

叶嘉莹

◎江城子

大雪，有怀朱康叔使君，亦知使君之念我也，作此以寄之。

黄昏犹是雨纤纤。晓开帘，欲平檐。江阔天低，无处认青帘。孤坐冻吟谁伴我，揩病目，捻衰髯。

使君留客醉厌厌。水晶盐，为谁甜。手把梅花，东望忆陶潜。雪似故人人似雪，虽可爱，有人嫌。

宋神宗元丰四年（1081）十二月作于黄州。王文诰《苏诗总案》卷二一："元丰四年辛酉，十二月，雪中有怀朱寿昌作《江神子》词。"《苏轼文集》卷七一《书雪》："黄州今年大雪盈尺，吾方种麦东坡，得此，固我所喜。但舍外无薪米者，亦为之耿耿不寐，悲夫。"

- **朱康叔：**即朱寿昌，时任鄂州知州。苏轼友人。
- **青帘：**旧时酒店门口挂的幌子，多以青布制成。唐·郑谷《旅寓洛南村舍》诗："白鸟窥鱼网，青帘认酒家。"
- **厌厌：**饮酒时和乐之态。《诗经·小雅·湛露》："湛湛露斯，匪阳不晞。厌厌夜饮，不醉无归。"
- **水晶盐：**南朝梁·萧绎《金楼子》卷五："白盐山，山峰洞澈，有如水精，及其映日，光似琥珀。胡人和之，以供国厨，名为'君王盐'，亦名'玉华盐'。"《魏书》卷三五《崔浩传》："语至中夜，（太宗）赐浩御缥醪酒十觚，水精戎盐一两。曰：'朕味卿言，若此盐酒，故与卿同其旨也。'"

- **为谁甜**：宋·曾季狸《艇斋诗话》："东坡《雪》诗云，'水晶盐，为谁甜'，盐味不应言甜。以古乐府考之，言'白酒甜盐'，则知盐可言甜。"
- **手把梅花**：南朝宋·盛弘之《荆州记》："陆凯与范晔相善，自江南寄梅花一枝，诣长安与晔并赠花诗，曰：'折花逢驿使，寄与陇头人。江南无所有，聊赠一枝春。'"
- **陶潜**：陶渊明，东坡自比。设想使君之念我。

◎满江红

寄鄂州朱使君寿昌

江汉西来，高楼下、蒲萄深碧。犹自带、岷峨雪浪，锦江春色。君是南山遗爱守，我为剑外思归客。对此间、风物岂无情，殷勤说。

《江表传》，君休读。狂处士，真堪惜。空洲对鹦鹉，苇花萧瑟。独笑书生争底事，曹公黄祖俱飘忽。愿使君、还赋谪仙诗，追黄鹤。

宋神宗元丰四年（1081）春作于黄州。与《南乡子》（晚景落琼杯）作于同时同地。

- **鄂州：**今湖北武昌。
- **高楼：**指黄鹤楼。
- **蒲萄深碧：**喻指江水碧绿。详见《南乡子》（晚景落琼杯）注释“蒲萄张渌醅”。
- **“犹自”三句：**长江挟带着岷山、峨眉山融雪的浪花和锦江无边的春色。锦江，又名流江、汶江，俗名府河。
- **南山遗爱守：**赞美朱寿昌太守施仁政于民。《诗经·小雅·南山有台》：“南山有杞，北山有李。乐只君子，民之父母。乐只君子，德音不已。”《诗小序》：“《南山有台》，乐得贤也。得贤则能为邦家立太平之基矣。”遗爱，留下德惠于民间。
- **剑外：**剑门关外。剑阁在南蜀中地区，四川的别称。四川在剑门关以外，故称剑外。

- **《江表传》：**书名。晋·虞溥撰，记述三国东吴之事，已佚。
- **狂处士：**指祢衡，汉代文学家，平原般县（今山东德州临邑德平镇）人。
- **鹦鹉：**谓鹦鹉洲。祢衡曾作《鹦鹉赋》，死后埋于沙洲之下，后人因号埋衡之沙洲为鹦鹉洲。
- **“曹公”句：**残害祢衡的曹操、黄祖虽称雄一时，不也泯灭消逝了吗！飘忽，形容光阴迅速消逝。
- **使君：**指朱寿昌。
- **谪仙：**指李白。唐·李白《对酒忆贺监诗》序：“太子宾客贺公，于长安紫极宫一见余，呼余为‘谪仙人’，因解金龟，换酒为乐。”

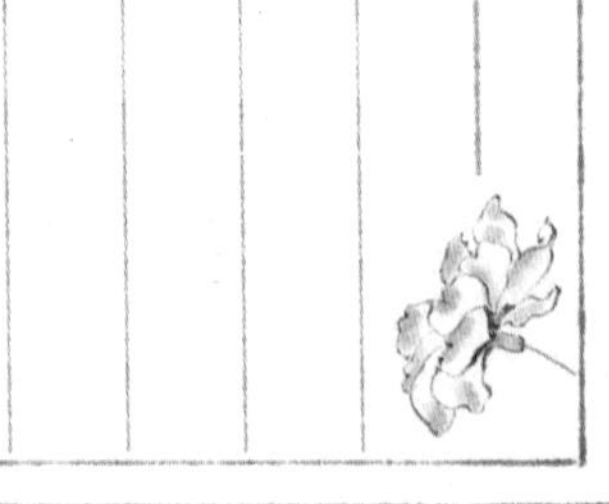

◎水龙吟

闾丘大夫孝终公显尝守黄州，作栖霞楼，为郡中绝胜。元丰五年，余谪居黄，正月十七日，梦扁舟渡江，中流回望，楼中歌乐杂作，舟中人言公显方会客也。觉而异之，乃作此曲，盖越调《鼓笛慢》。公显时已致仕，在苏州。

小舟横截春江，卧看翠壁红楼起。云间笑语，使君高会，佳人半醉。危柱哀弦，艳歌余响，绕云萦水。念故人老大，风流未减，空回首，烟波里。

推枕惘然不见，但空江、月明千里。五湖闻道，扁舟归去，仍携西子。云梦南州，武昌东岸，昔游应记。料多情梦里，端来见我，也参差是。

宋神宗元丰五年（1082）正月作于黄州。乃苏轼在黄州怀念前黄州太守闾丘孝终而作。傅藻《东坡纪年录》：“元丰五年壬戌，正月十七日，梦扁舟渡江，中流回望栖霞楼中，歌乐杂作。舟中人言，公显方会客。觉而异之，乃作《水龙吟》。”

- **闾丘大夫孝终公显：** 即闾丘孝终，详见《浣溪沙》（一别姑苏已四年）注释“闾丘朝议”。
- **栖霞楼：** 宋代黄州四大名楼之一，位于黄冈市赤鼻矶上。宋·王象之《舆地纪胜》卷四九《淮南西路·黄州·景物下》：“栖霞楼，在仪门之外西南，轩豁爽垲，坐挹江山之胜，为一郡奇绝。东坡所赋《鼓笛慢》者也。又闾丘太守孝终公显，尝守黄州，作栖霞楼，为郡中绝胜。”
- **《鼓笛慢》：** 曲名。清·王奕清《钦定词谱》卷三〇：“水龙吟，姜夔词注无射商，俗名越调。……吕谓老词名《鼓笛慢》。”
- **致仕：** 即辞官退休。
- **“小舟”二句：** 小舟横渡在春水融融的长江之上，仰卧船头，看绿墙红楼屹立于侧。横截，横渡。江，指长江。翠

壁，指黄冈赤壁。红楼，指栖霞楼。唐·杜甫《涪城县香积寺官阁》诗："含风翠壁孤云细。"

- **"云间"三句：**写与闾丘孝终的会客场面。使君，对地方长官的尊称，这里指闾丘孝终。佳人，歌女。

- **"危柱"三句：**透过琴弦，发出凄婉动听的乐曲声，不断在山水之间悠扬回荡。危柱，拧得很紧的弦柱，代指琴。南朝梁·萧统《文选》卷二六《谢灵运〈道路忆山中〉诗》："殷勤诉危柱，慷慨命促管。"李善注："危柱，谓琴也。"哀弦，动听的琴曲。绕云萦水，形容歌声绕着云水悠扬盘旋。

- **故人：**指闾丘孝终。

- **风流：**寻欢作乐的喜好。

- **推枕惘然：**推枕，言起床。唐·白居易《长恨歌》诗："揽衣推枕起徘徊，珠箔银屏迤逦开。"惘然，若有所失貌，疑惑不解貌。

- **"五湖"三句：**这里用越国大夫范蠡功成后携西施乘扁舟泛游五湖事，来形容闾丘孝终。

- **"云梦"二句：**云梦南州，指黄州，因黄州在古云梦泽之南，故云。武昌，指湖北鄂城，位于长江之南，与黄州相对。

- **端：**特地、果真。

- **参差：**依稀。唐·白居易《长恨歌》诗："中有一人字太真，雪肤花貌参差是。"

◎江城子

陶渊明以正月五日游斜川，临流班坐，顾瞻南阜，爱曾城之独秀，乃作斜川诗，至今使人想见其处。元丰壬戌之春，余躬耕于东坡，筑雪堂居之。南挹四望亭之后丘，西控北山之微泉。慨然而叹，此亦斜川之游也。乃作长短句，以《江城子》歌之。

梦中了了醉中醒。只渊明，是前生。走遍人间，依旧却躬耕。昨夜东坡春雨足，乌鹊喜，报新晴。雪堂西畔暗泉鸣。北山倾，小溪横。南望亭丘，孤秀耸曾城。都是斜川当日境，吾老矣，寄余龄。

宋神宗元丰五年（1082）二月作于黄州。王宗稷《东坡先生年谱》：“元丰五年壬戌，以长短句拟斜川观之。‘元丰壬戌之春，予躬耕东坡，筑雪堂以居之。南挹四望亭之后（丘），西控北山之微泉，慨然而叹，此亦斜川之游也。’作《江城子》词。”

- **斜川：**在江西省星子、都昌二县县境。
- **班坐：**依次而坐。晋·陶渊明《游斜川》诗：“班坐依远流。”
- **曾城：**一说曾城即落星寺。宋·骆庭芝《斜川辨》：“称曾城者，落星寺也。《斜川诗》曰：‘迥泽散游目，缅然睇曾丘。’当正月五日，春水未生，落星寺宛在大泽中，是所谓迥泽也。层城之名，殆是晋所称者。”一说曾城即鄣山，在庐山北，彭蠡泽西。
- **东坡：**原为黄州的一片荒地，在湖北黄冈县东。苏轼被贬黄州时，在友人马正卿帮助下垦植荒地，以作游憩之地，筑雪堂五间，东坡居住于此，自号东坡居士。《苏轼诗集》

卷二一《东坡八首叙》:“余至黄州二年，日以困匮。故人马正卿哀余乏食，为于郡中请故营地数十亩，使得躬耕其中。地既久荒为茨棘瓦砾之场，而岁又大旱，垦辟之劳，筋力殆尽。”

- **雪堂:**《苏轼文集》卷一二《雪堂记》:“苏子得废圃于东坡之胁，筑而垣之，作堂焉，号其正曰雪堂。堂以大雪中为之，因绘雪于四壁之间，无容隙也。起居偃仰，环顾睥睨，无非雪者。苏子居之，真得其所居者也。”

- **四望亭:** 亦名“高寒楼”。宋·王象之《舆地纪胜》卷四九《淮南西路·黄州·景物下》:“在雪堂南高阜之上，唐太和中刺史刘嗣之所立，李绅作记。”

- **“梦中”三句:** 傅注:“世人于梦中颠倒，醉中昏迷。而能在梦而了，在醉而醒者，非公与渊明之徒，其谁能哉!”了了，头脑清醒，明白。

- **躬耕:** 亲自耕种。三国·诸葛亮《出师表》:“臣本布衣，躬耕于南阳。”

- **乌鹊喜:** 傅注:“乌鹊，阳鸟，先事而动，先物而应。汉武帝时，天新雨止，闻鹊声，帝以问东方朔，方朔曰:‘必在殿后柏木枯枝上，东向而鸣也。’验之，果然。”

- **“都是”三句:** 谓在此环境中可以寄托余生。

◎定风波

三月七日，沙湖道中遇雨，雨具先去，同行皆狼狈，余独不觉。已而遂晴，故作此。

莫听穿林打叶声，何妨吟啸且徐行。竹杖芒鞋轻胜马，谁怕？一蓑烟雨任平生。

料峭春风吹酒醒，微冷，山头斜照却相迎。回首向来萧瑟处，归去，也无风雨也无晴。

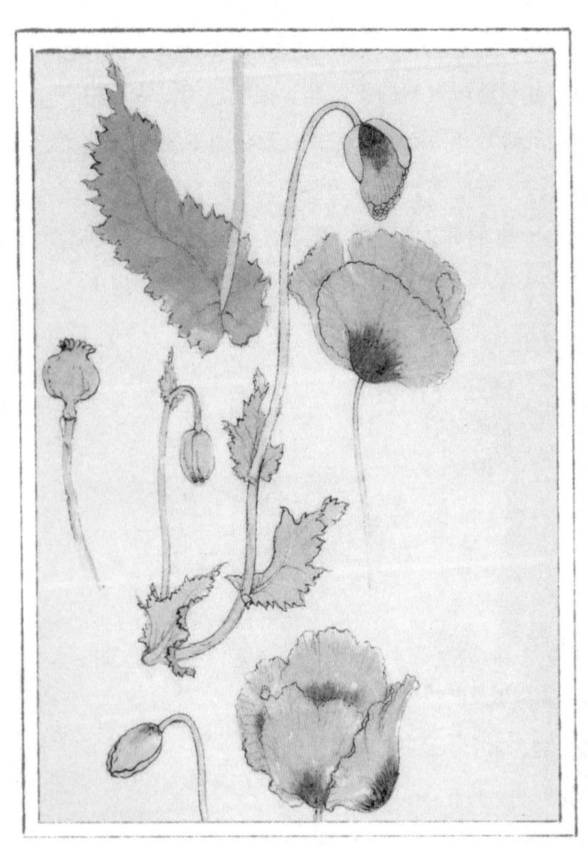

题解

宋神宗元丰五年（1082）三月作于黄州。此词作于“乌台诗案”后、苏轼贬居黄州的第三年。三年之间，他躬耕东坡，于雪堂闲话吟诗，历尽生死存亡后内心展露出一种豪迈与洒脱之气。而此词亦借归途遇雨，塑造出了一位超凡脱俗、不拘一格的词人形象。王文诰《苏诗总案》卷二一：“元丰五年壬戌，三月七日，公以相田至沙湖，道中遇雨作。”

注释

- **沙湖：**《东坡志林》卷一：“黄州东南三十里，为沙湖，亦曰螺师店，予买田其间。”
- **雨具先去：**舍去雨伞、蓑衣等雨具。
- **吟啸：**高声吟唱、吟咏。
- **竹杖芒鞋：**傅注引无则诗：“腾腾兀兀恣闲行，竹杖芒鞋称野情。”芒鞋，草鞋。

○ **一蓑烟雨：**披着蓑衣，行于蒙蒙细雨中。唐·张志和《渔父词》："青箬笠，绿蓑衣，斜风细雨不须归。"唐·郑谷《试笔偶书》诗："殷勤一蓑雨，只得梦中披。"蓑，蓑衣。

○ **料峭：**形容微寒。唐·陆龟蒙《京口》诗："东风料峭客帆远，落叶夕阳天际明。"

○ **"回首"三句：**向来，刚刚走过的地方。无论是外在的打击和不幸，还是内心的温暖和幸福，对词人的心都没有干扰，都不能使其转移和改变，字里行间表现出一种超然的旷达。苏轼在被贬海南儋州时作《独觉》诗云："悠然独觉午窗明，欲觉犹闻醉鼾声。回首向来萧瑟处，也无风雨也无晴。"

◎浣溪沙

游蕲水清泉寺。寺临兰溪，溪水西流。

山下兰芽短浸溪，松间沙路净无泥。萧萧暮雨子规啼。

谁道人生无再少，门前流水尚能西。休将白发唱黄鸡。

宋神宗元丰五年（1082）三月游蕲水清泉寺作此词。《东坡志林》卷一：“黄州东南三十里，为沙湖，亦曰螺师店，予买田其间。因往相田，得疾。闻麻桥人庞安常善医而聋，遂往求疗。安常虽聋，而颖悟绝人，以纸画字，书不数字，辄深了人意。余戏之曰：‘余以手为口，君以眼为耳，皆一时异人也。’疾愈，与之同游清泉寺。寺在蕲水郭门外二里许，有王逸少洗笔泉，水极甘，下临兰溪，溪水西流。余作歌云：‘山下兰芽短浸溪云云’。是日剧饮而归。”

- **“游蕲”三句：**蕲水，今湖北浠水县。清泉寺，《东坡志林》卷一：“（清泉）寺在蕲水郭门外二里许。有王逸少洗笔泉，水极甘，下临兰溪，溪水西流。”兰溪，《太平寰宇记》卷一二七《蕲州·蕲水县》：“兰溪水源出箬竹，其侧多兰。”
- **兰芽：**溪水畔兰花的嫩芽。唐·韩鄂《岁华纪丽》：“兰芽吐玉，柳眼挑金。”

- **“萧萧”句：**萧萧，雨声。《诗经·郑风·风雨》：“风雨潇潇，鸡鸣胶胶。”子规，常夜鸣，声音凄切，故借以抒悲苦哀怨之情。宋·陆佃《埤雅·释鸟》：“杜鹃，一名子规。苦啼，啼血不止。一名怨鸟。夜啼达旦，血渍草木。凡始皆北向，啼苦则倒悬于树。”唐·李白《闻王昌龄左迁龙标遥有此寄》诗：“杨花落尽子规啼，闻道龙标过五溪。”

- **无再少：**无法回到少年之时。傅注：“《古诗》：花有重开日，人无再少年。”

- **“门前”句：**清泉寺临兰溪，溪水西流，故云。《苏轼诗集》卷十《八月十五日看潮五绝》诗：“江边身世两悠悠，久与沧波共白头。造物亦知人易老，故教江水向西流。”

- **白发唱黄鸡：**黄鸡催晓，白发催老。唐·白居易《醉歌》诗：“谁道使君不解歌，听唱黄鸡与白日。黄鸡催晓丑时鸣，白日催年酉前没。”

◎西江月

顷在黄州，春夜行蕲水中，过酒家，饮酒醉。乘月至一溪桥上，解鞍，曲肱醉卧少休。及觉已晓，乱山攒拥，流水锵然，疑非尘世也。书此语桥柱上。

照野弥弥浅浪，横空隐隐层霄。障泥未解玉骢骄，我欲醉眠芳草。

可惜一溪风月，莫教踏碎琼瑶。解鞍欹枕绿杨桥，杜宇一声春晓。

宋神宗元丰五年（1082）三月作于黄州。《东坡先生年谱》云："是年三月先生以事至蕲水，……春夜行蕲水，过酒家饮酒，乘月至一桥上，曲肱少休，作《西江月》词。"

- **曲肱：**曲臂。《论语·述而》："曲肱而枕之。"
- **弥弥：**水波荡漾貌。
- **"障泥"句：**障泥，没在鞍鞯之下、垂悬于马腹两侧以遮尘土。玉骢，玉花骢，毛色青白相杂的骏马。骄，马壮健纵腾貌。
- **琼瑶：**美玉。指溪水在月光的照射下，透白如美玉。
- **绿杨桥：**明弘治《黄州府志》卷二："绿杨桥，在（蕲水县）治东三里，苏东坡夜醉乘月卧此桥，既觉，作《西江月》词。"
- **杜宇：**鸟名，即杜鹃。

◎满江红

董毅夫名钺，自梓潼得罪，罢官东川。归鄱阳，过东坡于齐安。怪其丰暇自得，余问之，曰：『吾再娶柳氏，三日而去官。吾固不戚戚，而忧柳氏不能忘怀于进退也。已而欣然，同忧患若处富贵，吾是以益安焉。』命其侍儿歌其所作《满江红》。嗟叹之不足，乃次其韵。

忧喜相寻，风雨过、一江春绿。巫峡梦、至今空有，乱山屏簇。何似伯鸾携德耀，箪瓢未足清欢足。渐粲然、光彩照阶庭，生兰玉。

幽梦里，传心曲。肠断处，凭他续。文君婿知否，笑君卑辱。君不见周南歌汉广，天教夫子休乔木。便相将、左手抱琴书，云间宿。

作于宋神宗元丰五年（1082）三月。词人对朋友董毅夫遭遇深有感触，便写下这首赞慰词。全词运用名人典故赞扬了董毅夫与柳氏同忧共患、不慕富贵的品格节操，并对其表示了深深的祝福，喻义精当，情深意远。

- **董毅夫：** 名钺，又名义夫。因朱寿昌介绍，与苏轼结识，宋英宗治平二年（1065）进士。
- **梓漕：** 梓州（今四川中江县东南）转运副使。漕，掌管水道运输的官。
- **东川：** 位于今四川东部，宋时梓州所在地。
- **“怪其”句：** 奇怪董钺丰足闲暇，悠然自得。
- **戚戚：** 忧惧的样子。
- **进退：** 官职升降。
- **“忧喜”三句：** 忧愁欢喜相延续，其心境犹如风雨过后的一江平静的春水。南朝宋·何承天《雉子游原泽篇》：“功

名岂不美，宠辱亦相寻。”一江春绿，喻毅夫与柳氏人生道路上同忧患，忧去喜来，似风雨过后，一江春绿，更明净可爱。

“巫峡”三句：巫山旧梦如今早已远去，留下来的只有群山如屏障般耸立。战国·宋玉《高唐赋》：“昔者，楚襄王与宋玉游于云梦之台，望高唐之观，其上独有云气，崪兮直上，忽兮改容；须臾之间，变化无穷。王问玉曰：‘此何气也？’玉对曰：‘所谓朝云者也。’王曰：‘何谓朝云？’玉曰：‘昔者，先王尝游高唐，怠而昼寝，梦见一妇人，曰：“妾，巫山之女也，为高唐之客，闻君游高唐，愿荐枕席。”王因幸之。去而辞曰：‘妾在巫山之阳，高丘之阻，旦为朝云，暮为行雨。朝朝暮暮，阳台之下。”旦朝视之，如言。故为立庙，号曰‘朝云’。”乱山，傅注：“巫峡有十二峰，故云‘乱山屏簇’。”

“何似”二句：伯鸾，梁鸿字。德耀，即孟光。词人以梁、孟比董毅夫与柳氏。箪瓢，盛饭和浆水之器。《论语·雍也》：“一箪食，一瓢饮，在陋巷，人不堪其忧，回也不改其乐。贤哉！回也。”

“渐粲”三句：粲然，明亮的样子。兰玉，芝兰玉树，喻佳子弟。《晋书》卷七九《谢玄传》：“安尝戒约子侄，因曰：‘子弟亦何豫人事，而正欲使其佳？’诸人莫有言者。玄答曰：‘譬如芝兰玉树，欲使其生于庭阶耳。’安悦。”

- **“幽梦”四句：** 心曲，心声。《诗经·秦风·小戎》：“在其板屋，乱我心曲。”肠断，形容极度悲伤。

- **“文君”二句：** 作者以司马相如、卓文君比董毅夫与柳氏。

- **“君不”二句：**《诗经·周南·汉广》：“南有乔木，不可休思。汉有游女，不可求思。汉之广矣，不可泳思。江之永矣，不可方思。”这是一首男子求偶失望的诗歌，这里反用其意。今毅夫娶柳氏，谓贤女可求，故曰：“天教夫子休乔木。”夫子，这里指董毅夫。

- **“便相”三句：** 唐·白居易《庐山草堂记》：“左手引妻子，右手抱琴书，终老于斯，以成就我平生之志。清泉白石，实闻此言。”此以董毅夫比白居易。

心，乌倦知还，本非有意。

噫！归去来兮。我今忘我兼忘世。亲戚无浪语，琴书中有真味。步翠麓崎岖，泛溪窈窕，涓涓暗谷流春水。观草木欣荣，幽人自感，吾生行且休矣。念寓形宇内复几时。不自觉皇皇欲何之。委吾心、去留谁计？神仙知在何处，富贵非吾志。但知临水登山啸咏，自引壶觞自醉。此生天命更何疑。且乘流、遇坎还止。

◎哨遍

陶渊明赋《归去来》，有其词而无其声。余既治东坡，筑雪堂于上。人俱笑其陋，独鄱阳董毅夫过而悦之，有卜邻之意。乃取《归去来》词，稍加檃括，使就声律，以遗毅夫。使家僮歌之，时相从于东坡，释耒而和之，扣牛角而为之节，不亦乐乎？

为米折腰，因酒弃家，口体交相累。归去来，谁不遣君归？觉从前皆非今是。露未晞。征夫指余归路，门前笑语喧童稚。嗟旧菊都荒，新松暗老，吾年今已如此。但小窗容膝闭柴扉。策杖看孤云暮鸿飞。云出无

作于宋神宗元丰五年（1082）春。元丰五年春，董毅夫自梓州路转运副使贬官东下，途经黄州，与苏轼在一起度过了一段时间。由于二人仕宦遭遇相近，董离开时，东坡点化陶渊明《归去来兮辞》以赠董毅夫，寄托思归之意。

全词虽是对陶渊明文章的点化和改写，其中也表现出作者和渊明一样，对政治仕途心灰意冷，对田园风光热爱与向往，“世路如今已惯，此心到处悠然”，体现出苏轼仕途失意之后的旷达情怀。

- **“陶渊明”段：**卜邻，选择邻居。《左传·昭公三年》：“且谚曰：‘非宅是卜，唯邻是卜’，二三子先卜邻矣。”遗（wèi），赠送。释耒而和之，放下手中的农具与正在唱此曲的童子相和。扣，敲打。节，节拍。
- **“为米”三句：**为了吃饭就忍受委屈，因贪杯而不顾家室。南朝梁·萧统《陶渊明传》载：陶渊明做彭泽县（今属

江西）令时，郡守派督邮视察彭泽县政，吏要陶渊明“应束带见之”。陶渊明叹：“我岂能为五斗米，折腰向乡里小儿！”口体，食物和衣服，这里指生活必需品，也指身心。《宋史》卷三三八《苏轼传》：“百姓不可户晓，皆谓以耳目不急之玩，夺其口体必用之资。”

- **“归去”三句：** 遣，让。觉从前皆非今是，认为从前的所作所为都是错的，只有今天的选择才是对的。《归去来兮辞》：“实迷途其未远，觉今是而昨非。”

- **“露未”六句：**《归去来兮辞》：“问征夫以前路，恨晨光之熹微。……僮仆欢迎，稚子候门。三径就荒，松菊犹存。”晞，干。《诗经·秦风·蒹葭》：“蒹葭萋萋，白露未晞。”

- **“但小”五句：** 写陶渊明归家后的悠闲生活。《归去来兮辞》：“倚南窗以寄傲，审容膝之易安……策扶老以流憩，时矫首而遐观。”容膝，形容房屋狭小，只能容下双膝。

- **“噫”三句：** 我不仅忘却了自己，同时也忘却了世事。

- **“亲戚”二句：**《归去来兮辞》：“悦亲戚之情话，乐琴书以消忧。”浪语，乱语。唐·杜甫《归雁二首》其一诗：“系书元浪语，愁寂故山薇。”琴书，琴棋书画之简称。

- **“步翠”三句：** 写陶渊明出游时所见春景和观景感受。麓，山腰。窈窕，曲折幽深貌。《归去来兮辞》：“既窈窕以寻壑，亦崎岖而经丘。”

◌ **“观草”三句：** 观览草木欣欣向荣的气息，幽居之人自有所感，我们的人生之途正将近终点。《归去来兮辞》：“木欣欣以向荣,泉涓涓而始流。善万物之得时，感吾生之行休。”

◌ **“念寓”四句：** 思索我还能在这宇宙之间停留几时，却无法觉知如此匆忙的背后是走向哪里。不如顺从自己的内心，人生苦短，去留谁能计算明了？寓形，寄托形体。皇皇，匆忙有所求而不得貌。委，托付，顺随。计，计较。《归去来兮辞》：“寓形宇内复几时，曷不委心任去留？”

◌ **“神仙”二句：**《归去来兮辞》：“胡为乎遑遑欲何之？富贵非吾愿，帝乡不可期。”

◌ **“但知”二句：** 然而我只愿于登山临水之间吟咏呼喊，独自提着酒具自酌沉醉。《归去来兮辞》：“登东皋以舒啸，临清流而赋诗。”壶觞，古代盛酒器具。啸咏，歌咏。《南史》卷二六《袁粲传》：“郡南一家颇有竹石，粲率尔步往，亦不通主人，直造竹所，啸咏自得。”

◌ **“此生”三句：** 依据环境的顺逆确定自己的进退。《归去来兮辞》：“聊乘化以归尽，乐夫天命复奚疑。”坎，水深处。汉·贾谊《鹏鸟赋》：“乘流则逝兮，得坻则止。”张晏注：“坻，水中小洲也。坻或为坎。”

◎定风波

元丰五年七月六日，王文甫家饮酿白酒，大醉。集古句作墨竹词。

雨洗娟娟嫩叶光，风吹细细绿筠香。秀色乱侵书帙晚，帘卷，清阴微过酒尊凉。

人画竹身肥拥肿，何用？先生落笔胜萧郎。记得小轩岑寂夜，廊下，月和疏影上东墙。

宋神宗元丰五年（1082）七月作于黄州。时与王齐愈饮家酿白酒，集古人句作墨竹词，调寄《定风波》。序言点名了词的写作时间、写作背景。上片运用烘托手法，写此人在雨后竹林下品酒看书的情景；下片运用对比手法，写大醉醒后作画题词。总的来看，在竹画艺术上，词人追求神韵、清瘦灵动；在人生态度上，作者处于人生低谷却仍能够旷达超脱、狂放自适。

- **王文甫：** 名齐愈，蜀人，时居武昌。东坡的妻族。《诗集》卷二〇《王齐万秀才寓居武昌县刘郎洑，正与伍洲相对，伍子胥奔吴所从渡江也》诗王文诰案："王齐万，字子辩，嘉州犍为人，乃齐愈字文甫之弟。"苏轼在黄州，王氏兄弟常从之游。
- **集古句：** 集古人诗句以为词。此词是苏轼集杜甫《严郑公宅同咏竹得香字》等诗句而成的。

- **墨竹词：** 元·夏文彦《图绘宝鉴·五代》：“（蜀郭崇韬之妻李氏工画）月夕独坐南轩，竹影婆娑可喜，即起挥毫濡墨，模写窗纸上。明日视之，生意具足。或云自是人间往往效之，遂有墨竹。”

- **“雨洗”二句：** 经雨水淋洗后，青绿色的竹叶清新、明亮，在微风的吹拂下散发着淡淡的清香之气。唐·杜甫《严郑公宅同咏竹得香字》诗：“雨洗娟娟净，风吹细细香。”娟娟，同“涓涓”，清新、明洁的样子。绿筠，青绿色的竹子。

- **“秀色”三句：** 同上杜诗：“色侵书帙晚，阴过酒樽凉。”侵，干扰，遮蔽。书帙，包装书卷的外皮。酒樽，酒杯。这里指代酒。

- **“人画”三句：** 萧郎，萧悦，工于书画，尤喜画竹。原为协律郎（管宫廷音乐的官）。唐·白居易《画竹歌》诗：“植物之中竹难写，故今虽画无似者。萧郎下笔独逼真，丹青以来唯一人。人画竹身肥拥肿，萧画茎瘦节节竦。”拥肿，肥大。

- **“记得”三句：** 词人又转换叙述视角，突然回忆起小轩窗那个寂寞孤独的夜晚，月光照在竹子上，竹影随着月光移动到东墙。小轩，长廊，或指小窗。岑寂，寂寞，孤独。《苏轼文集》卷六八《书曹希蕴诗》：“近世有妇人曹希蕴者，颇能诗。虽格韵不高，然时有巧语。尝作《墨竹》诗云：‘记得小轩岑寂夜，月移疏影上东墙。’此语甚工。”

◎洞仙歌

余七岁时，见眉山老尼，姓朱，忘其名，年九十岁。自言尝随其师入蜀主孟昶宫中。一日大热，蜀主与花蕊夫人夜纳凉摩诃池上，作一词，朱具能记之。今四十年，朱已死久矣，人无知此词者，但记其首两句，暇日寻味，岂洞仙歌令乎？乃为足之云。

冰肌玉骨，自清凉无汗。水殿风来暗香满。绣帘开、一点明月窥人，人未寝，攲枕钗横鬓乱。起来携素手，庭户无声，时见疏星渡河汉。试问夜如何？夜已三更，金波淡、玉绳低转。但屈指西风几时来，又不道流年，暗中偷换。

题解

宋神宗元丰五年（1082）七月作于黄州。由词前小序可知，词人是根据小时候的记忆来创作，补足孟昶当年词的内容，故更多是凭自己的想象，结合自身的境遇和感悟来塑造人物形象。全词通过追忆五代后蜀国君孟昶及与花蕊夫人夜起纳凉之事，寄寓自己对时光流逝、人生蹉跎的感慨。风格清新高雅，想象奇特，跌宕生姿，读之令人神往。

注释

- **孟昶（chǎng）：**五代时后蜀后主。好填词、工声律。国亡，降宋，被改封为秦国公。《十国春秋》卷四九《后主本纪》：“后主昶，字保元，初名仁赞，高祖第三子……高祖病革，立为皇太子……好学，为文皆本于理。”
- **花蕊夫人：**孟昶之妃。四川青城人，美丽聪颖。后蜀亡，被虏入宋。宋·吴曾《能改斋漫录》卷一六：“徐匡璋纳女于昶，拜贵妃，别号花蕊夫人。意花不足拟其色，似花蕊翾轻也。又升号慧妃，以号如其性也。”

- **摩诃池：**摩诃为梵语，有大、美好之意。后蜀宣华苑内的池塘。孟昶即位后大加疏凿，又广筑亭榭，遂为皇家园囿。
- **冰肌玉骨：**形容花蕊夫人的晶莹高洁。如冰一般洁净的肌肤，如玉一般清透的骨骼。
- **“水殿”句：**水殿，水上或临水的宫殿，此指建于摩诃池上的宫室。暗香，荷花的幽香。唐·王昌龄《西宫秋怨》诗：“芙蓉不及美人妆，水殿风来珠翠香。”
- **钗横鬓乱：**此处描写花蕊夫人的睡姿。宋·欧阳修《临江仙》词：“水精双枕，傍有堕钗横。”
- **素手：**这里指花蕊夫人洁白的手。《古诗十九首》(青青河畔草)：“纤纤出素手。”
- **“金波”二句：**金波，月亮倒映在池水上的波光。玉绳低转，指夜已深。玉绳，位于北斗第五星玉衡的北面。低转，向下移动。南齐·谢朓《暂使下都夜发新林至京邑赠西府同僚》诗：“金波丽鳷鹊，玉绳低建章。”
- **“又不”二句：**不道，不知不觉。南唐·冯延巳《蝶恋花》词：“几日行云何处去？忘了归来，不道春将暮。”流年，逝去的年华。

◎念奴娇

赤壁怀古

大江东去，浪淘尽、千古风流人物。故垒西边，人道是、三国周郎赤壁。乱石崩云，惊涛裂岸，卷起千堆雪。江山如画，一时多少豪杰。

遥想公瑾当年，小乔初嫁了，雄姿英发。羽扇纶巾，谈笑间、强虏灰飞烟灭。故国神游，多情应笑我，早生华发。人间如梦，一尊还酹江月。

作于宋神宗元丰五年（1082）。同年八月，东坡游黄州赤壁时借景怀古抒感而作。上片侧重写景，开篇从滚滚东流的长江着笔，随即用“浪淘尽”将浩荡大江与千古人物联系起来，设置了一个极为广阔而悠久的时空背景。下片笔锋一转，由“遥想”领起，集中笔力塑造卓尔不凡的青年将领周瑜的形象，表达了自己对前贤的追慕之情。全词“一洗绮罗香泽之态”，抒发了作者宏大的政治抱负和豪迈的英雄气概，为用词体表达重大的社会题材开拓了新的道路，不愧为千古绝唱。

- **赤壁：**汉建安十三年（208）曹操与孙权、刘备联军激战的地方，一般指湖北武昌县西赤鼻矶，也有人说是蒲圻县（今属湖北）西之赤壁，对岸为乌林，乃周瑜击败曹操处。
- **大江：**指长江。

- **浪淘尽：** 淘，冲刷之意。唐·白居易《浪淘沙》诗："白浪茫茫与海连，平沙浩浩四无边。暮去朝来淘不住，遂令东海变桑田。"
- **风流人物：** 豪俊杰出人物。
- **故垒：** 旧时的营垒。指赤壁古战场。
- **人道是：**《东坡志林》卷四亦云："黄州守居之数百步为赤壁，或言即周瑜破曹公处，不知果是否？"由此可见，苏轼用"人道是"之语表达了自己审慎的态度。
- **周郎：** 即周瑜。字公瑾，庐江舒县（今安徽庐江县）人，三国时期名将。
- **"乱石"二句：** 有的版本作"乱石穿空，惊涛拍岸"。《容斋续笔》卷八《诗词改字》条："'拍岸'为'掠岸'。"
- **千堆雪：** 形容浪高如雪。
- **"小乔"句：** 小乔，三国时乔玄的小女，周瑜之妻。赤壁之战时，小乔与周瑜结婚已十年。
- **英发：** 谈吐不凡，见识卓越。《三国志》卷五四《吴书·吕蒙传》："孙权与陆逊论周瑜、鲁肃及蒙曰：'公瑾雄烈，胆略兼人……（吕蒙）学问开益，筹略奇至，可以次于公瑾，但言议英发不及之耳。'"苏轼《送欧阳推官赴华州监酒》："知音如周郎，议论亦英发。"

- **羽扇纶巾：**用白毛羽扇及丝带制作的头巾，是古代儒将的便装打扮。羽扇，用鸟羽做的扇。宋·程大昌《演繁露》卷八“羽扇”条：“《语林》曰：‘诸葛武侯与晋宣帝战于渭滨，乘素车，着葛巾，挥白羽扇，指麾三军。’”纶巾，冠名，又曰诸葛巾，以青丝绶为之。
- **强虏：**一作樯橹，又作“樯虏”“狂虏”等。这里代指曹操的水军战船。强大之敌，指曹军。虏，对敌人的蔑称。
- **灰飞烟灭：**《闻见后录》卷一九：“东坡赤壁词‘灰飞烟灭’之句，《圆觉经》中佛语也。”唐·李白《赤壁歌送别》：“二龙争战决雌雄，赤壁楼船扫地空。烈火张天照云海，周瑜于此破曹公。”
- **故国神游：**幻想着游览旧地，指赤壁古战场。
- **“多情”二句：**“应笑我多情”的倒装。唐·刘驾《山中夜坐》诗：“谁遣我多情，壮年无鬓发。”
- **“一尊”句：**古人以酒浇在地上祭奠。这里指洒酒酬月，寄托自己的感情。酹（lèi），酒洒于地，表示祭奠，故此调又名《酹江月》。

◎又

中秋

凭高眺远，见长空万里，云无留迹。桂魄飞来光射处，冷浸一天秋碧。玉宇琼楼，乘鸾来去，人在清凉国。江山如画，望中烟树历历。

我醉拍手狂歌，举杯邀月，对影成三客。起舞徘徊风露下，今夕不知何夕。便欲乘风，翻然归去，何用骑鹏翼。水晶宫里，一声吹断横笛。

宋神宗元丰五年（1082）八月作于黄州。词的上片写月夜登高远眺，从天上到人间，以浪漫主义手法描绘了一个高洁清凉的月宫仙界。下片写月下独饮，狂歌起舞，幻想飞入月宫，吹奏一曲，响彻云天，表现了对自由生活的向往与羡慕。作者当时虽不得意，但他性格旷达乐观，能够随遇而安，从困惑之中求得自我解脱。全词想象丰富、神思飘逸，笔调空灵，营造出无穷的美感和丰富的诗意。

- **桂魄：** 月亮的别称。唐·段成式《酉阳杂俎》前集卷一《天咫》：“旧言月中有桂、有蟾蜍，故异书言：月桂高五百丈，下有一人，常斫之，树创随合。其人姓吴名刚，西河人。学仙有过，谪令伐树。”
- **玉宇琼楼：** 神话中仙人居住的宫殿。这里指月宫。

- **乘鸾：**仙人乘鸾鸟飞行。《异闻录》：“开元中，明皇与申天师游月中，见素娥十余人，皓衣，乘白鸾，笑舞于广庭大桂树下，乐音嘈杂清丽。”
- **清凉国：**月宫，亦称“广寒宫”。
- **历历：**清晰分明。唐·崔颢《黄鹤楼》诗：“晴川历历汉阳树，芳草萋萋鹦鹉洲。”
- **“我醉”三句：**唐·李白《月下独酌四首》其一诗：“花间一壶酒，独酌无相亲。举杯邀明月，对影成三人。”今夕不知何夕意，人间的今夕，不知是天宫里的哪一天，谓彻底陶醉而完全忘情。
- **“便欲”三句：**翻然，飞动的样子。鹏翼，大鹏的翅膀。《庄子·逍遥游》：“鹏之背，不知其几千里也，怒而飞，其翼若垂天之云。”
- **“水晶”二句：**水晶宫，月宫。《苏轼诗集》卷二三《庐山二胜》其一诗：“荡荡白银阙，沉沉水晶宫。”吹断，吹彻。谓其声高亢，响彻云霄。

◎南乡子

重九涵辉楼呈徐君猷。

霜降水痕收，浅碧鳞鳞露远洲。酒力渐消风力软，飕飕。破帽多情却恋头。

佳节若为酬，但把清尊断送秋。万事到头都是梦，休休。明日黄花蝶也愁。

宋神宗元丰五年壬戌（1082）重阳作于黄州。傅藻《东坡纪年录》：“（元丰五年）重九，涵辉楼作《南乡子》呈君猷。”此词系东坡贬谪黄州期间，于重阳节在涵辉楼上宴请黄州知州徐君猷所作。

- **重九：**农历九月初九重阳节。
- **涵辉楼：**又名栖霞楼，在黄冈西南，黄州名胜。苏轼《醉蓬莱》序云：“余谪居黄，三见重九，每岁与太守徐君猷会于栖霞。”
- **水痕收：**指水位降低留下的痕迹。唐·杜甫《冬深》诗：“早霞随类影，寒水各依痕。”
- **浅碧：**水浅而绿。
- **鳞鳞：**形容水波如鱼鳞一般。
- **飕飕：**形容阴冷的样子。唐·郑谷《鹭鸶》诗：“闲立春塘烟淡淡，静眠寒苇雨飕飕。”

“破帽”句：宋·陈鹄《耆旧续闻》卷二引《三山老人语录》：“从来九日用落帽事，东坡独云：‘破帽多情却恋头’，尤为奇特。”不知东坡用杜子美诗：‘羞将短发还吹帽，笑倩旁人为正冠。’”

若为酬：怎样答谢。酬，酬谢，庆贺。

休休：不要，此处意思是不要再提往事。

蝶也愁：唐·郑谷《十日菊》诗：“节去蜂愁蝶不知，晓庭还绕折残枝。”谓重九已去，花已憔悴，蝶尚且不知忧愁。苏轼反其意而用之。

◎临江仙

夜归临皋

夜饮东坡醒复醉，归来仿佛三更。家童鼻息已雷鸣。敲门都不应，倚杖听江声。

长恨此身非我有，何时忘却营营。夜阑风静縠纹平。小舟从此逝，江海寄余生。

题解

宋神宗元丰六年癸亥（1083）四月作于黄州，王文诰《苏诗总案》卷二二：“元丰五年九月，雪堂夜饮，醉归临皋作《临江仙》词。”

注释

- **家童鼻息已雷鸣：**家童已酣睡，鼾声如雷鸣。
- **身非我有：**身体并非我所有，喻指自己无法掌控人生。《庄子·知北游》：“舜问乎丞曰：‘道可得而有乎？’曰：‘汝身非汝有也，汝何得有夫道？’舜曰：‘吾身非吾有也，孰有之哉？’曰：‘是天地之委形也’。”此言身处官场之中，身不由己。
- **营营：**忙碌。《庄子·庚桑楚》：“无使汝思虑营营。”
- **縠纹：**傅注：“风息浪平，水纹如縠。”縠，绉纱。唐·刘禹锡《竹枝词》诗：“江上朱楼新雨晴，瀼西春水縠文生。”
- **“小舟”二句：**意喻驾扁舟归隐江湖。唐·高适《奉酬睢阳李太守》诗：“寸心仍有适，江海一扁舟。”

◎西江月

送建溪双井茶、谷帘泉与胜之。徐君猷家后房，甚慧丽，自陈叙本贵种也。

龙焙今年绝品，谷帘自古珍泉。雪芽双井散神仙，苗裔来从北苑。

汤发云腴酽白，盏浮花乳轻圆。人间谁敢更争妍，斗取红窗粉面。

宋神宗元丰五年（1082）作于黄州。苏轼另有《西江月》（别梦已随流水），词题作“姑熟再见胜之次前韵”，写徐君猷死后胜之改适张厚之事，为蓄婢之戒。本词不仅咏茶，亦为赠人之作。邹王本云：“所赠之人，当为‘别梦已随流水’中所涉及之徐君猷侍女胜之，而非王胜之。”

- **建溪：**水名，发源于武夷山脉，古称“东溪”。该地盛产名茶，号建茶。唐·许浑《放猿》：“山浅忆巫峡，水寒思建溪。”
- **双井：**《大明一统志》卷四九“南昌府”条：双井“在宁县西二十里。黄庭坚所居之南溪心有二井，士人汲以造茶，绝胜他处”。
- **谷帘泉：**位于庐山主峰大汉阳峰南面康王谷中（今庐山市境内），又名水帘泉。
- **龙焙：**茶名。《宋史》卷八九《地理五》：“（建安），有北苑茶焙、龙焙监库，及石舍、永兴、丁地三银场。”

- **雪芽：** 白芽茶。洪州双井出名茶。宋·熊蕃《宣和北苑贡茶录》："凡茶芽数品，最上曰小芽，如雀舌鹰爪，以其劲直纤锐，故号芽茶。"苏轼《次韵完夫再赠之什某已卜居毗陵与完夫有庐里之约云》："雪芽我为求阳羡，乳水君应饷惠山。"

- **北苑：** 茶名。宋·叶梦得《避暑录话》："北苑茶正所产为曾坑，谓之正焙。非曾坑为沙溪，谓之外焙。二地相去不远，而茶种悬绝。沙溪色白，过于曾坑，但味短而微涩，识茶者一啜，如别泾渭也。"

- **云腴：** 浓郁飘香。

- **花乳：** 煮茶时水面浮起的泡沫。唐·曹邺《故人寄茶》诗："碧沉霞脚碎，香泛乳花轻。"

- **争妍：** 竞相逞美。苏轼《次韵曹辅寄壑源试焙新芽》诗："戏作小诗君一笑，从来佳茗似佳人。"

◎菩萨蛮

赠徐君猷笙妓

碧纱微露纤掺玉，朱唇渐暖参差竹。越调变新声，龙吟彻骨清。

夜阑残酒醒，惟觉霜袍冷。不见敛眉人，胭脂觅旧痕。

宋神宗元丰五年（1082）作于黄州。东坡为徐君猷侍女所作赠词之一。上片描摹侍女弹笙演奏的高雅情调、高超技艺，下片状写其朦胧的姿态美。在一动一静中传递出一种意境美，并成功塑造了一位才貌双全的女性形象。

- **纤掺玉：**比喻侍女柔软纤细的手，如美玉一般。唐·罗邺《题笙》诗："最宜轻动纤纤玉，醉送当观滟滟金。"
- **参差竹：**用长短不等的竹管制作而成的笙。南朝梁·沈约《咏笙诗》："彼美实枯枝，孤筱定参差。"
- **"越调"句：**傅注："水龙吟曲，乃越调也。"《汉书》卷九七《外戚传》："夫人兄李延年性知音，善歌舞，武帝爱之。每为新声变曲，闻者莫不感动。"
- **龙吟：**龙鸣，亦借指大声吟啸。唐·罗邺《题笙》诗："筠管参差排凤翅，月堂凄切胜龙吟。"
- **敛眉：**双眉紧蹙，皱眉。唐末五代·韦庄《女冠子二首》其一诗："忍泪佯低面，含羞半敛眉。"

琅然，清圜，谁弹。响空山，无言，惟翁醉中知其天。
月明风露娟娟，人未眠。荷蒉过山前，曰有心也哉此贤。
醉翁啸咏，声和流泉。醉翁去后，空有朝吟夜怨。山
有时而童巅，水有时而回川，思翁无岁年。翁今为飞
仙，此意在人间，试听徽外三两弦。

◎醉翁操

琅琊幽谷，山川奇丽，泉鸣空洞，若中音会。醉翁喜之，把酒临听，辄欣然忘归。既去十余年，而好奇之士沈遵闻之往游，以琴写其声，曰《醉翁操》。节奏疏宕而音指华畅，知琴者以为绝伦。然有其声而无其辞，翁虽为作歌，而与琴声不合。又依楚词作《醉翁引》，好事者亦倚其辞以制曲，虽粗合韵度，而琴声为词所绳约，非天成也。后三十余年，翁既捐馆舍，遵亦没久矣。有庐山玉涧道人崔闲，特妙于琴，恨此曲之无词，乃谱其声，而请东坡居士以补之云。

宋神宗元丰五年壬戌（1082）十二月作于黄州。王文诰《苏诗总案》卷二一："元丰五年壬戌，为崔闲作《醉翁操》。"孔谱："元丰五年十二月，'崔闲来黄，闲善琴，与游甚密。为闲作《醉翁操》'。"

- **琅琊**：山名。位于安徽滁州。宋·欧阳修《醉翁亭记》："环滁皆山也。其西南诸峰，林壑尤美，望之蔚然而深秀者，琅琊也。"
- **沈遵**：北宋琴家，官任太常博士。宋·欧阳修《醉翁吟》："太常博士沈遵，好奇之士也。"
- **《醉翁引》**：一作《醉翁吟》，又称《醉翁述》。宋·欧阳修《醉翁吟》："余作醉翁亭于滁州，太常博士沈遵，好奇之士也，闻而往游焉。爱其山水，归而以琴写之，作《醉翁吟》三叠。"
- **琅然**：清朗的玉声。战国·屈原《楚辞·九歌》："抚长剑兮玉珥，璆锵鸣兮琳琅。"

○ **清圜：**亦作青圆，色青而形圆。唐·杜甫《舟中》诗："今朝云细薄，昨夜月清圆。"此处喻指清亮圆润的琴声。

○ **空山：**幽寂的山林。唐·王维《鹿柴》诗："空山不见人，但闻人语响。"

○ **娟娟：**美好的样子。唐·杜甫《狂夫》诗："风含翠筱娟娟净，雨裛红蕖冉冉香。"

○ **荷蕢（kuì）：**春秋时隐士，后多以此指代隐士，如欧阳修。《论语·宪问》："子击磬于卫，有荷蒉而过孔氏之门者，曰：'有心哉，击磬乎！'既而曰：'鄙哉，硁硁乎！莫己知也，斯己而已矣。深则厉，浅则揭。'子曰：'果哉，末之难矣。'"

○ **童巅：**不生草木之山。《释名》："山无草木曰童，若童子未冠然。"

○ **回川：**回旋的水流。唐·李白《蜀道难》诗："上有六龙回日之高标，下有冲波逆折之回川。"

○ **飞仙：**仙去，逝去。汉·东方朔《海内十洲记》："蓬丘，蓬莱山是也。对东海之东北岸，周回五千里，外别有圆海绕山，圆海水正黑，而谓之冥海也。无风而洪波百丈，不可得往来。……唯飞仙有能到其处耳。"

○ **徽：**琴徽，系琴弦的绳。表弹奏之意。

◎卜算子

黄州定慧院寓居作

缺月挂疏桐，漏断人初静。谁见幽人独往来，缥缈孤鸿影。

惊起却回头，有恨无人省。拣尽寒枝不肯栖，寂寞沙洲冷。

宋神宗元丰三年（1080）二月至五月作于黄州。王文诰《苏诗总案》卷二二：“元丰五年壬戌十二月，作《卜算子》词。”据孔谱考证，此词当作于词人到黄州后迁居临皋亭前这一段时间。故《总案》编于元丰五年，不确。当是元丰三年二月到五月间。

- **黄州：**今湖北黄冈。
- **定慧院：**在黄冈市东南。东坡初贬黄州的寓居之所。
- **漏断：**漏声已断，指夜深。漏，古代滴水计时的工具。
- **幽人：**《周易·履卦》：“履道坦坦，幽人贞吉。”其义为幽囚，这里是作者自指。
- **缥缈：**隐隐约约，若有若无貌。
- **寒枝：**严寒之中的枝条。《稗海》本《野客丛书》：“观隋李元操《鸣雁行》曰：‘夕宿寒枝上，朝飞空井旁。’坡语岂无自邪？此言固是。寒枝意广泛，又说‘不肯栖’，本属无碍。此句亦有良禽择木而栖之意。”
- **沙洲：**江河中的沙岛。

◎满庭芳

有王长官者，弃官黄州，三十三年，黄人谓之王先生。因送陈慥来过余，因为赋此。

三十三年，今谁存者？算只君与长江。凛然苍桧，霜干苦难双。闻道司州古县，云溪上、竹坞松窗。江南岸，不因送子，宁肯过吾邦。

㧐㧐，疏雨过，风林舞破，烟盖云幢。愿持此邀君，一饮空缸。居士先生老矣，真梦里、相对残釭。歌声断，行人未起，船鼓已逢逢。

作于元丰六年（1083）五月。王文诰《苏诗总案》卷二二：元丰六年癸亥五月，“陈慥报荆南庄田，同王长官来，作《满庭芳》词”。是年四月，徐君猷去官，杨君素来代。五月，杨绘遣其弟来议买田，陈慥报荆南庄田同王长官来。

- **“算只”句：** 算来只有我与长江。唐·杜甫《戏为六绝句》诗：“尔曹身与名俱灭，不废江河万古流。”
- **苍桧：**《尔雅·释木》：“桧，柏叶松身。”此处以苍桧喻王先生之品格。
- **司州古县：** 黄陂。《新唐书》卷四一《地理五》：“武德三年，以（黄陂）县置南司州，七年州废。”
- **竹坞：** 此指丛竹环绕的王长官的家。坞，四面如屏的花木丛聚之处。唐·杜牧《雨中作》诗：“一褐拥秋寒，小窗侵竹坞。”

◌ **扨（chuāng）扨：**《博雅》：“扨，撞也。”形容雨声。唐·韩愈《病中赠张十八》：“扶几导之言，曲节初扨扨。”

◌ **烟盖云幢：** 烟如车盖，云似帷幕。唐·韩愈《游城南十六首·楸树》诗：“青幢紫盖立童童，细雨浮烟作彩笼。”

◌ **空缸：** 使酒杯空。唐·韩愈《病中赠张十八》诗：“倾尊与斟酌，四壁堆罌缸。”此处表现了东坡愿与王长官共饮之心。

◌ **居士先生：** 此处指东坡居士与王先生。

◌ **釭：** 灯。南朝齐·王融《咏幔》诗：“但愿置樽酒，兰釭当夜明。”

◌ **逢逢：** 形容鼓声。此处指开船的信号。唐·韩愈《病中赠张十八》诗：“不蹋晓鼓朝，安眠听逢逢。”

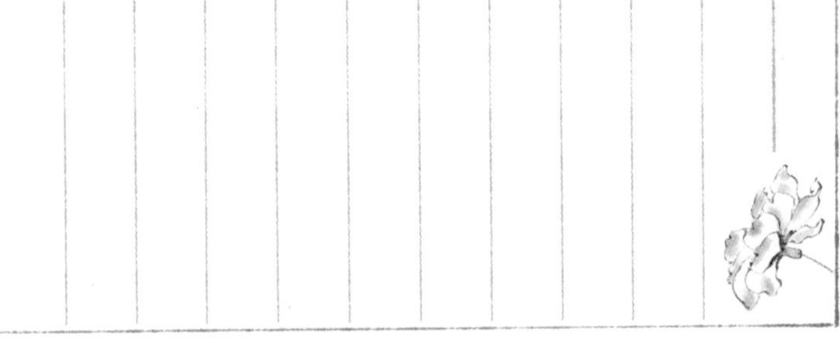

◎水调歌头

黄州快哉亭赠张偓佺。

落日绣帘卷，亭下水连空。知君为我新作，窗户湿青
红。长记平山堂上，攲枕江南烟雨，渺渺没孤鸿。认
得醉翁语，山色有无中。
一千顷，都镜净，倒碧峰。忽然浪起，掀舞一叶白头
翁。堪笑兰台公子，未解庄生天籁，刚道有雌雄。一
点浩然气，千里快哉风。

元丰六年（1083）十一月作于黄州。王文诰《苏诗总案》卷二三：“癸亥六月，张梦得营新居于江上，筑亭，公榜曰‘快哉亭’，作《水调歌头》。”苏辙《黄州快哉亭记》后署日期为元丰六年十一月。今编于元丰六年十一月。

- **快哉亭：**苏辙《黄州快哉亭记》：“清河张君梦得，谪居齐安，即其庐之西南为亭，以览观江流之胜，而余兄子瞻名之曰‘快哉’。”
- **张偓佺：**东坡之友张怀民。
- **水连空：**水天相接。唐·李端《宿洞庭》诗：“白水连天暮。”
- **窗户湿青红：**窗户涂上青油红漆。
- **平山堂：**这里以欧阳修的平山堂比况张偓佺的快哉亭。
- **“攲枕”二句：**斜倚枕间，观赏江南烟雨。遥望广阔的天际之间，孤鸿若隐若现。

- **“认得”二句：**终于明了欧阳修词作中山色若隐若现的别致景象。醉翁，欧阳修别号。其《朝中措》词：“平山栏槛倚晴空，山色有无中。”

- **“一千”三句：**千顷江水，清明如镜，碧峰苍翠，倒映水中。

- **白头翁：**鸟名，代指渔翁。晋·虞溥《江表传》：“曾有白头鸟集殿前，权曰：‘此何鸟也？’恪曰：‘白头翁也。’张昭自以坐中最老，疑恪以鸟戏之，因曰：‘恪欺陛下，未尝闻鸟名白头翁者，试使恪复求白头母。’恪曰：‘鸟名鹦母，未必有对，试使辅吴复求鹦父。’昭不能答，坐中皆欢笑。”

- **兰台公子：**指宋玉。战国·宋玉《风赋》：楚襄王游于兰台之宫，宋玉、景差侍。有风飒然而至，王乃披襟而当之，曰：“快哉此风，寡人所与庶人共者邪？”宋玉对曰：“此独大王之风耳，庶人安得而共之。”又：“清凉雄风，清清泠泠，愈病析酲，发明耳目，宁体便人。此所谓大王之雄风也。庶人之风，中心惨怛，生病造热，中唇为胗，得目为蔑，啗齰嗽获，死生不卒。此所谓庶人之雌风也。”

- **庄生天籁：**《庄子·齐物论》：“子游曰：‘地籁则众窍是已，人籁则比竹是已，敢问天籁。’子綦曰：‘夫吹万不同，而使其自已也，咸其自取，怒者其谁邪？’”天籁，自然界的各种奇妙声音，这里指风声。

- **浩然气：**《孟子·公孙丑上》：“我知言，我善养吾浩然之气。……其为气也，至大至刚，以直养而无害，则塞于天地之间。”

◎醉蓬莱

余谪居黄州，三见重九，每岁与太守徐君猷会于栖霞楼。今年公将去，乞郡湖南。念此惘然，故作是词。

笑劳生一梦，羁旅三年，又还重九。华发萧萧，对荒园搔首。赖有多情，好饮无事，似古人贤守。岁岁登高，年年落帽，物华依旧。此会应须烂醉，仍把紫菊红萸，细看重嗅。摇落霜风，有手栽双柳。来岁今朝，为我西顾，酹羽觞江口。会与州人，饮公遗爱，一江醇酎。

元丰五年（1082）九月作于黄州。君猷将去作。为徐君猷即将离任赴湘前作的赠别词。王文诰《苏诗总案》卷二一：“词有‘羁旅三年’句，信为元丰五年壬戌作。”

- **劳生：** 劳碌辛苦的人生。唐 · 李白《春日醉起言志》诗：“处世若大梦，胡为劳其生。”
- **羁旅：** 长期客居异乡。
- **搔首：** 以手搔头，焦急或有所思貌。《诗经 · 邶风 · 静女》：“爱而不见，搔首踟蹰。”
- **好饮无事：**《史记》卷七〇《陈轸传》：“陈轸使于秦。过梁，欲见犀首。犀首谢弗见。……犀首见之。陈轸曰：‘公何好饮也？’犀首曰：‘无事也。’曰：‘吾请令公厌事可乎。’”
- **登高：** 指农历九月九日登高之习俗。南朝梁 · 吴均《续齐谐记》：“汝南桓景随费长房游学累年，长房谓曰：‘九月九日，汝家中当有灾。宜急去，令家人各作绛囊，盛茱萸，以系臂，登高饮菊花酒，此祸可除。’景如言，齐家登山。夕还，见鸡犬牛羊一时暴死。”

- **落帽：**《晋书》卷九八《孟嘉传》："（孟嘉）为征西桓温参军，温甚重之。九月九日，温燕龙山，僚佐毕集。时佐吏并著戎服，有风至，吹嘉帽堕落，嘉不之觉。温使左右勿言，欲观其举止。"后借"落帽"指重九登高之典故。
- **物华：**自然景物。隋·卢思道《美女篇》诗："京洛多妖艳，余香爱物华。"
- **紫菊红萸：**紫与红指代菊花与茱萸的颜色。《西京杂记》卷三："九月九日，佩茱萸，食蓬饵，饮菊花酒，令人长寿。"
- **摇落：**凋落。三国魏·曹丕《燕歌行》："秋风萧瑟天气凉，草木摇落露为霜。"
- **手栽双柳：**《诗集》卷二二《徐君猷挽词》："雪后独来栽柳处，竹间行复采茶时。"
- **羽觞：**酒器。
- **遗爱：**仁爱遗于后世。《汉书》卷一〇〇《叙传下》："淑人君子，时同功异。没世遗爱，民有余思。"
- **醇酎**（chún zhòu）：香味浓厚的老酒。

◎西江月

重阳栖霞楼作

点点楼头细雨，重重江外平湖。当年戏马会东徐，今日凄凉南浦。

莫恨黄花未吐，且教红粉相扶。酒阑不必看茱萸，俯仰人间今古。

元丰五年（1082）重阳作于黄州。东坡登栖霞楼宴饮宾客，登高赏菊。即景生情，而作此词。此词龙校本编于元丰六年重九，徐君猷已于当年五月离黄，此词当为送别徐君猷之作。邹王本认为此词与《醉蓬莱》（笑劳生一梦）作于同时。故编于元丰五年重九。

- **“点点”句：**楼上飘过蒙蒙细雨。唐·杜牧《村行》诗：“娉娉垂柳风，点点回塘雨。”
- **戏马会东徐：**傅注：“东徐，彭城也。”宋·李昉《太平御览》卷三二：“宋武帝为宋公，在彭城，九月九日出登项羽戏马台，至今相承，以为故事。”
- **南浦：**泛指西南水岸。后多泛指送别之地。此处代指黄州。战国·屈原《楚辞·九歌·河伯》：“子交手兮东行，送美人兮南浦。”
- **黄花：**一作“黄华”，指菊花。《淮南子》卷五《时则训》：“菊有黄华。”
- **红粉相扶：**红粉，代指侍女。相扶，互相扶持、陪伴。
- **“俯仰”句：**古今世事，不过在转瞬之间。晋·陆机《长歌行》诗：“俯仰逝将过，倏忽几何间。”

◎定风波

王定国歌儿曰柔奴，姓宇文氏，眉目娟丽，善应对，家世住京师。定国南迁归，余问柔：「广南风土应是不好？」柔对曰：「此心安处，便是吾乡。」因为缀词云。

常羡人间琢玉郎，天应乞与点酥娘。自作清歌传皓齿，风起，雪飞炎海变清凉。

万里归来年愈少，微笑，笑时犹带岭梅香。试问岭南应不好，却道，此心安处是吾乡。

作于元祐元年（1086）春。《东皋杂录》云：“王定国自岭表归，出歌者柔奴，劝东坡饮。坡问：‘广南风土应不好？’柔奴曰：‘此心安处，便是吾乡。’东坡喜其语，作《定风波》词以记之。”

- **王定国：**北宋文人，名巩，字定国。《宋史》卷三二〇《王巩传》：“巩有隽才，长于诗，从苏轼游。轼守徐州，巩往访之，与客游泗水，登魋山，吹笛饮酒，乘月而归。轼待之于黄楼上，谓巩曰：‘李太白死，世无此乐三百年矣。’轼得罪，巩亦窜宾州。数岁得还，豪气不少挫。”
- **柔奴：**即寓娘，王定国之侍女。
- **琢玉郎：**指王定国。傅注：“琢玉郎，言其美姿容如玉也。”
- **点酥娘：**谓肤如凝脂般光洁细腻的美女。
- **皓齿：**洁白的牙齿。
- **“雪飞”句：**柔奴之歌声清丽使人觉得清爽安宁。
- **岭梅：**指柔奴的微笑如大庾岭上清幽雅洁的梅花。

◎鹧鸪天

林断山明竹隐墙，乱蝉衰草小池塘。翻空白鸟时时见，照水红蕖细细香。村舍外，古城旁，杖藜徐步转斜阳。殷勤昨夜三更雨，又得浮生一日凉。

题解

元丰六年（1083）作于黄州。郑文焯《大鹤山人词话》云："此词从陶诗中得来。"

注释

- **林断山明：** 树林断绝处，山峰显现出来。南朝齐·王融《江皋曲》诗："林断山更续，洲尽江复开。"
- **"乱蝉"句：** 小池塘边，衰草丛生，蝉声四起，杂乱无序。
- **白鸟：** 南朝梁·沈约《休沐寄怀》诗："紫箨开绿篆，白鸟映青畴。"
- **红蕖：** 荷花。
- **杖藜：** 唐·杜甫《绝句漫兴九首》其五诗："肠断春江欲尽头，杖藜徐步立芳洲。"藜，一种草本植物，这里指藜木拐杖。
- **浮生：** 指虚幻无定的人生。唐·李涉《题鹤林寺僧舍》诗："因过竹院逢僧话，又得浮生半日闲。"

◎十拍子

白酒新开九酝，黄花已过重阳。身外傥来都似梦，醉里无何即是乡。东坡日月长。

玉粉旋烹茶乳，金虀新捣橙香。强染霜髭扶翠袖，莫道狂夫不解狂。狂夫老更狂。

元丰六年（1083）九月作于黄州。《苏诗总案》：“元丰六年癸亥九月，作《十拍子》词 。”重阳已过，秋意更浓，伴随着冬日即将来临的萧条感，想起人如四季一般，走向暮秋，表达出一种悲凉之情。但东坡深知借酒消愁非根本之道，不如乐享躬耕生活，于东坡感受悠长岁月。故而仍以其乐观、旷达之心境，表达了自我不惧霜寒、不畏险阻的人生态度。

- **九酝：**重酿的美酒。《西京杂记》卷一：“汉制，宗庙八月饮酎，用九醖太牢。皇帝侍祠，以正月旦作酒，八月成，名曰酎，一曰九醖，一名醇酎。”
- **傥来：**偶然得到之物。《庄子 · 缮性》：“物之傥来，寄者也。”
- **“玉粉”句：**将茶反复研成粉末再烹煮。宋 · 欧阳修《茶歌》：“愈小愈精皆露芽，泛之白花如粉乳，乍见紫面生光华。”
- **“金薤（xiè）”句：**金薤，精美的薤菜。唐 · 刘悚《隋唐嘉话》：“吴郡献松江鲈，炀帝曰：‘所谓金齑玉脍，东南佳味也。’”
- **“莫道”句：**狂夫，狂放不羁的人。解，懂得。

◎南歌子

黄州腊八日饮怀民小阁。

卫霍元勋后，韦平外族贤。吹笙只合在缑山，同驾彩鸾归去、趁新年。

烘暖烧香阁，轻寒浴佛天。他时一醉画堂前，莫忘故人憔悴、老江边。

作于宋神宗元丰六年（1083）十二月。是年末，张怀民将结束贬谪生活而回京授命。临行前，东坡与张怀民饮于张之草庐小阁，并作此词以赠别。整首词充满伤感情绪，亦有哀怨溢出。虽然对友人得以摆脱贬谪表示祝贺，然而对自己的困厄仍感到忧伤，抒发了东坡此时的凄苍怅惘之情。

腊八：腊八源于佛教故事。佛教称农历十二月初八为腊八，此日为佛之生日。宋代北方多以腊八为浴佛节。古代每逢这一天，佛寺要诵经、作浴佛会、以腊八粥（效法牧女献乳糜于佛的故事，以香谷及果实等煮成的粥，又叫七宝五味粥）供佛及分送门徒。后来民间亦仿效之，以果子杂拌煮粥而食，供佛斋僧。

怀民：张怀民，名梦得，一字偓佺。北宋官员，为苏轼好友。苏轼和张怀民当时都被贬黄州。苏轼《记承天寺夜游》："十月十二日夜……至承天寺寻张怀民。怀民亦未寝，相与步于中庭。庭下如积水空明，水中藻、荇交横，盖竹柏影也。"

- **卫霍：** 卫青、霍去病，西汉名将。《汉书》有传。

- **韦平：** 即韦贤、平当。韦、平父子因抗击匈奴有功，汉兴，均至宰相。

- **“吹笙”二句：** 吹笙，指春秋时吹笙人王子乔乘鹤飞仙事。汉·刘向《列仙传》：王子乔者，周灵王太子晋也。好吹笙，作凤凰鸣。只合，本来就应该。唐·薛能《游嘉州后溪》：“当时诸葛成何事？只合终身作卧龙。”这里借王子乔修道成仙之典喻张怀民官复原职回京，得了仙道。缑山，在偃师县南四十里，孤峰挺拔，相传为王子晋升仙之地。后泛指修道者得道成仙之处。彩鸾，神鸟。唐·裴铏（xíng）《传奇》：钟陵西山有游帷观，每至春秋，车马喧阗。太和末，有书生文箫往观，忽遇一姝，甚丽，吟诗相引。至绝顶坦然之地。俄有仙童持天判曰：“吴彩鸾以私欲泄天机，谪为民妻一纪。”姝乃与生下，归钟陵。

- **“烘暖”二句：** 烧香阁，礼佛之阁。这里指张怀民小阁。浴佛天，南朝梁·宗懔《荆楚岁时记》：荆楚以四月八日，诸佛寺各设会，香汤浴佛，共作龙华会，以为弥勒下生之征也。

- **“他时”三句：** 一醉，醉一次。晋·左思《蜀都赋》：“乐饮今夕，一醉累月。”画堂，雪堂。因在雪中落成，四壁绘雪，故名。故人，指东坡。老江边，因苏轼在临皋亭（长江江畔附近）居住甚久，故自称“老江边”。

◎瑶池燕

闺怨，寄陈季常。

飞花成阵，春心困。寸寸，别肠多少愁闷。无人问，
偷啼自揾，残妆粉。
抱瑶琴、寻出新韵，玉纤趁，南风来解幽愠。低云鬟，
眉峰敛晕，娇和恨。

题解

作于宋神宗元丰四年（1081）暮春。苏轼时在黄州贬所，作者借“闺怨”词以抒发政治胸臆。苏轼《杂书琴曲十二首·瑶池燕》：“琴曲有《瑶池燕》，其词既不甚佳，而声亦怨咽。或改其词作《闺怨》云：‘飞花成阵。’此曲奇妙，季常勿妄与人。”文作于元丰四年。

注释

- **“飞花”二句：** 暮春时节的花瓣阵阵飘落。闺中女子春心困倦，别离之间暗藏了多少愁绪。
- **偷啼自揾：** 偷啼，背着人哭泣。揾（wèn），揩拭。苏轼《点绛唇》（月转乌啼）词：“背灯偷揾，拭尽残妆粉。”
- **新韵：** 新制乐曲。
- **“玉纤”二句：** 玉纤，形容女子手指洁白细长。唐·韩偓《咏柳》诗：“玉纤折得遥相赠，便是观音手里时。”南风，《礼记·乐记》：“昔者舜作五弦之琴，以歌《南风》。”孔

颖达疏："昔者舜弹五弦之琴，其辞曰：'南风之薰兮，可以解吾民之愠兮。南风之时兮，可以阜吾民之财兮。'"

○ **眉峰敛晕：**敛，收缩，皱。晕，女子因害羞而脸上泛起的红潮。

◎满庭芳

元丰七年四月一日，余将去黄移汝，留别雪堂邻里二三君子。会李仲览自江东来别，遂书以遗之。

归去来兮，吾归何处，万里家在岷峨。百年强半，来日苦无多。坐见黄州再闰，儿童尽楚语吴歌。山中友，鸡豚社酒，相劝老东坡。云何，当此去，人生底事，来往如梭？待闲看，秋风，洛水清波。好在堂前细柳，应念我、莫剪柔柯。仍传语，江南父老，时与晒渔蓑。

作于宋神宗元丰七年（1084）四月。是时，因“乌台诗案”被贬黄州五年的苏轼，接到了量移汝州（今河南临汝）安置的命令。邻里友人纷纷相送。此时，正逢李仲览自江东来别，遂填此词。傅藻《东坡纪念录》：“元丰七年甲子，四月一日将自黄移汝，以留别雪堂邻里作《满庭芳》。”

- **李仲览自江东来：**李仲览，即苏轼友人李翔。湖北兴国人。元丰进士。宋·王质《雪山集》卷七《东坡先生祠堂记》：“杨元素起为富川，闻先生自黄移汝，欲顺大江逆西江，适筠见子由，令富川弟子员李翔，要先生到富川。《满庭芳序》所谓‘会李仲览自江东来别’者是。”
- **岷峨：**此代指苏轼故乡。
- **“百年”二句：**强半，过半。唐·韩愈《除官赴阙至江州寄鄂岳李大夫》诗：“年皆过半百，来日苦无多。”苏轼时年四十九岁。

- **“坐见”句：** 坐见，徒然看见。再闰，在黄州度过两个闰年。
- **楚语吴歌：** 黄州旧属战国楚地，又为三国时吴地，故云。
- **社酒：** 古代农村习俗。春秋时社日祭祀土神，民众要饮酒庆贺，所备之酒称之为社酒。
- **老东坡：** 指邻里乡亲劝他终老黄州。
- **底事：** 唐宋时俗语，表示何事的意思。
- **“待闲”二句：** 唐·贾岛《忆江上吴处士》诗：“秋风生渭水，落叶满长安。”苏轼量移汝州距洛水不远，故云。
- **堂前细柳：** 傅注：“公手植柳于东坡雪堂之下。”
- **柔柯：** 柳条细枝。唐·张籍《新桃行》诗：“顾托戏儿童，勿折吾柔柯。”
- **“仍传”三句：** 请李仲览传话给江南父老，常帮他晾晒渔网蓑衣，以便将来回来再用。言外之意是表达对隐居生活的依恋。此处之“江南”，指武昌，也泛指黄州。江南父老，傅注：“齐安在江北，与武昌对岸。公每渡江而南，历游武昌之地，故有‘江南父老’之句。”

◎西江月

姑熟再见胜之，次前韵。

别梦已随流水，泪巾犹裹香泉。相如依旧是臞仙，人在瑶台阆苑。

花雾萦风缥缈，歌珠滴水清圆。蛾眉新作十分妍，走马归来便面。

题解

作于宋神宗元丰七年（1084）七月。东坡在改任途中遇见了好友徐君猷当年的侍儿胜之，现已改嫁，故作此词抒发人生短暂、世事无常的感慨。上片回忆当年徐守君猷与侍女胜之旧日在黄州的情缘，下片婉而不怨，自己的有情与胜之的无情在不经意间形成了鲜明对比，流露出无限的感伤和失落之情。

注释

- **姑熟：** 一作姑孰，今安徽当涂，晋时指城戍守，后遂为重镇。唐·李吉甫《元和郡县图志》：“姑熟城以姑熟溪名。”
- **胜之：** 徐君猷侍儿。宋·王明清《挥麈（zhǔ）后录》卷七：“君猷后房甚盛，东坡尝闻堂上丝竹，词中所谓‘表德原来字胜之’者，所最宠也。东坡北归，过南都，则其人已归张乐全之子厚之恕矣。厚之开燕，东坡复见之，不觉掩面号恸，妾乃顾其徒而大笑。东坡每以语人，为蓄婢之戒。”
- **前韵：** 指前《西江月》（龙焙今年绝品），系元丰五年（1082）在黄州赠徐君猷侍儿胜之作。
- **别梦：** 前事如梦。

- **裛：** 熏染。
- **香泉：** 喻泪水。
- **臞（qú）仙：**《史记》卷一一七《司马相如列传》："相如以为列仙之传居山泽间，形容甚臞，此非帝王之仙意也，乃遂就《大人赋》。"苏轼自比司马相如。臞，清瘦而精神矍铄。
- **瑶台阆苑：** 传说中的神仙居住处。
- **花雾：** 言舞姿轻盈。
- **萦：** 回旋。
- **歌珠：** 歌声圆润如贯珠。《礼记 · 乐记》："累累乎端如贯珠。"
- **清圆：** 声音清亮圆润。
- **蛾眉：** 蛾触须细长而弯曲，以此比喻女子美丽的眉毛。《诗经 · 卫风 · 硕人》："齿如瓠犀，螓首蛾眉。"
- **"走马"句：** 骑马归来半遮面庞。《汉书》卷七六《张敞传》："然敞无威仪，时罢朝会，过走马章台街，使御吏驱，自以便面拊马。"颜师古注："便面，所以障面，盖扇之类也。不欲见人，以此自障面，则得其便，故曰便面，亦曰屏面。"东坡再见胜之时，好友徐君猷刚死，胜之却再适他人。他备增感伤，故障面不欲见之。

◎渔家傲

金陵赏心亭送王胜之龙图。王守金陵，视事一日，移南郡。

千古龙蟠并虎踞，从公一吊兴亡处。渺渺斜风吹细雨。芳草渡，江南父老留公住。

公驾风车凌彩雾，红鸾骖乘青鸾驭。却讶此洲名白鹭。非吾侣，翩然欲下还飞去。

作于宋神宗元丰七年（1084）七月。傅藻《东坡纪年录》：“元丰七年甲子七月，赏心亭送胜之作《渔家傲》。”

- **赏心亭：**《一统志》：“赏心亭在江宁县西下水门城上。《程史》：王荆公罢相镇金陵，是秋江左大蝗，有人题诗赏心亭曰：‘青苗免役两妨农，天下嗷嗷怨相公。惟有蝗虫感恩德，又随钧骑过江东。’荆公因饯客至亭，览之大不悦。”据此则赏心亭固为当时饯别之地也。
- **王胜之：**王益柔，字胜之，洛阳（今属河南）人。《宋史》有传。
- **南都：**一作“南都”。宋应天府，现今河南商丘。朱饶注：“它与宋国都开封东都、洛阳西都、大名北都齐名。”
- **龙蟠并虎踞：**形容地势雄伟险峻。
- **兴亡处：**指金陵。曾为东吴、东晋、刘宋、南齐、梁、陈等朝之故都。

- **留公住：**意谓百姓不愿王胜之离开金陵。
- **“公驾”二句：**风车，御风而行的飞车。晋·张华《博物志》卷二：“结胸国，有灭蒙鸟。奇肱民善为拭扛，以杀百禽。能为飞车,从风远行。”凌，升上，登上。红鸾，神话传说中的红色仙鸟。骖乘，陪乘或陪乘的人。青鸾，古代传说中的神鸟。唐·李白《凤凰曲》诗：“青鸾不独去，更有携手人。”
- **“却讶”句：**讶，惊奇。白鹭，地名，在今江苏南京市西南,与新林浦相对。原为长江中的沙洲，因白鹭多聚洲上而得名。唐·李白《登金陵凤凰台》诗：“三山半落青天外，二水中分白鹭洲。”
- **非吾侣：**白鹭与鸾凤不是同类伴侣，故此地不可栖息，暗示王胜之移守南州。
- **“翩然”句：**这沙洲名白鹭，好似没有同行道合之人，所以翩然欲下又翱翔远飞而去。

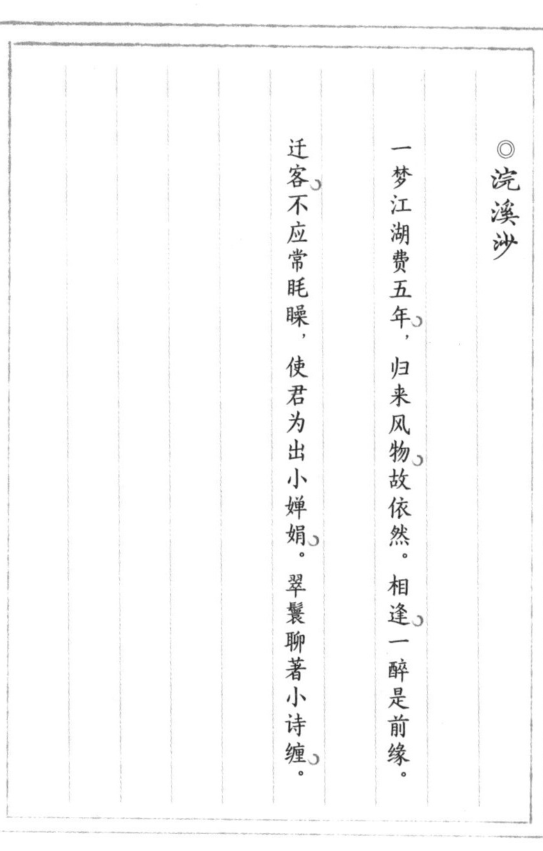

◎浣溪沙

一梦江湖费五年，归来风物故依然。相逢一醉是前缘。

迁客不应常眊矂，使君为出小婵娟。翠鬟聊著小诗缠。

作于宋神宗元丰七年（1084）十一月。这首词为东坡自泗州经楚州，受田守之宴请而作的答谢之词。词人虽贬居在外，却丝毫没有消极负面的情绪。他通过该词抒发了对友人的深情厚谊，并安慰自己不该眊矂，为我们塑造了一位积极旷达、乐观向上的迁客形象。

- **五年：**东坡于宋神宗元丰二年（1079），被罢徐州任，赴湖州上任时，曾经过楚州。中间谪居黄州四年之久，元丰七年又因赴南郡，再次经过楚州，故此处有五年之说。
- **风物：**山川景物。唐·李商隐《别薛岩宾》诗："别离真不那，风物正相仍。"
- **相逢：**即与田守相逢、相交、相知的缘分。
- **迁客：**东坡自谓。《资治通鉴》卷二八三《后晋纪四》："池州多迁客。"注："以罪迁降外州者，其州人谓之迁客。"眊

瞀（mào sào），因失意而烦恼。唐·李肇《唐国史补》卷下：“（举子）不捷而醉饱，谓之打毷氉。”苏轼《与潘三失解后饮酒》：“顾我自为都毷氉。”使君，指田守待问。小婵娟，即小鬟。

“翠鬟”句：古时有著诗于鬟或裙之俗。

◎虞美人

波声拍枕长淮晓，隙月窥人小。无情汴水自东流，只载一船离恨向西州。

竹溪花浦曾同醉，酒味多于泪。谁教风鉴在尘埃，酝造一场烦恼送人来。

作于宋神宗元丰七年（1084）十一月。王文诰《苏诗总案》卷二四：“元丰七年甲子十一月，公至高邮与秦观会，秦观追送渡淮，与秦观淮上饮别，作《虞美人》词。”故此词为东坡的饮别之词，赠予学生秦观。词的上片以水为喻，借无情流水喻时光飞逝、人生短暂。词的下片，抒发与秦观的难舍难分之情，感叹秦观的才能被埋没。

- **长淮：** 淮河。
- **隙月：** 从孔缝中透射的月光。唐·李贺《春坊正字剑子歌》诗：“隙月斜明刮露寒，练带平铺吹不起。”
- **竹溪花浦：**《新唐书》卷二〇二《李白传》：白“更客任城，与孔巢父、韩准、裴政、张叔明、陶沔居徂来山，日沈饮，号‘竹溪六逸’”。
- **风鉴：** 风度和见识。《晋书》卷五四《陆机陆云传》：“风鉴澄爽，神情俊迈。”

◎行香子

与泗守过南山晚归作。

北望平川，野水荒湾，共寻春、飞步孱颜。和风弄袖，香雾萦鬟。正酒酣时，人语笑，白云间。
飞鸿落照，相将归去。淡娟娟、玉宇清闲。何人无事，宴坐空山。望长桥上，灯火乱，使君还。

作于宋神宗元丰七年（1084）十二月。王文诰《苏诗总案》卷二四：“元丰七年甲子，十二月，与刘士彦山行晚归作。”此人将山行所见美景尽收笔端，情景交融，令读者耳目一新。

- **泗守：** 东坡好友，泗州太守刘士彦，曾官任大理寺丞。
- **南山：** 即都梁山。宋·胡仔《苕溪渔隐丛话》后集卷三五：“淮北之地平夷，自京师至汴口，并无山。惟隔淮方有南山。”
- **寻春：** 寻赏春景。唐·孟浩然《重酬李少府见赠》诗：“五行将禁火，十步任寻春。”
- **飞步：** 快步。晋·郭璞《游仙诗十九首》其十二诗：“翘手攀金梯，飞步登玉阙。”
- **孱颜：** 山险高峻貌。汉·司马相如《大人赋》：“放散畔岸，骧以孱颜。”

- **和风弄袖：** 柔和的风吹拂着人们的衣袖。和风，柔和的风，多指春风。唐·杜牧《送刘秀才归江陵》诗：“刘郎浦夜侵船月，宋玉亭春弄袖风。”
- **香雾：** 雾气。此处代指歌女。
- **飞鸿落照：** 飞鸿，鸿雁。落照，落日余晖。南朝梁·萧纲《喜疾瘳》诗：“飞鸿若可驾，轻箸必易抽。”又《大同九年秋七月》诗：“晚风飘飏来，落照参差好。”
- **相将：** 相与。唐·令狐楚《春游曲》：“相将折杨柳，争取最长条。”
- **玉宇：** 用玉建筑的宫殿，传说中天神居住之所。宋·张君房《云笈七签》卷八：“太微之所馆，天帝之玉宇也。”
- **宴坐：** 坐禅。《维摩诘经》：“夫宴坐者，不于三界现身意，是为宴坐。”
- **长桥：** 泗州之桥。苏轼《和王斿二首》其二诗：“野梅官柳何时动，飞盖长桥待子闲。”

◎如梦令

自净方能净彼，我自汗流呀气。寄语澡浴人，且共肉身游戏。但洗，但洗，俯为人间一切。

作于宋神宗元丰七年（1084）十二月。这首《如梦令》借佛学思想寄寓了作者拥有的深厚人生哲理。

- **自净：** 释氏所说的自调、自净、自度‘三自’之一，是二乘自利之三学。自净包括‘正念’和‘正定’。（见《大智度论》卷六一）谓心无杂念、超然高洁。
- **净彼：** 净化他人。
- **澡浴人：** 代指世俗之人。
- **肉身：** 佛教术语，指肉体。

◎浣溪沙

元丰七年十二月二十四日，从泗州刘倩叔游南山。

细雨斜风作小寒，淡烟疏柳媚晴滩。入淮清洛渐漫漫。

雪沫乳花浮午盏，蓼茸蒿笋试春盘。人间有味是清欢。

题解

作于宋神宗元丰七年（1084）十二月二十四日。傅藻《东坡纪年录》：“元丰七年甲子十二月二十四日，从刘倩叔游南山作，《浣溪沙》。”南山，又名都梁山。在盱眙县南六十里。

注释

- **刘倩叔：** 东坡好友，名士彦，泗州人。
- **晴滩：** 都梁山附近的十里滩。唐·许浑《送郭秀才游天台》诗：“暖眠鸂鶒（xī chì）晴滩草，高挂猕猴暮涧松。”
- **入淮清洛：** 淮，淮水。洛，古水名。洛水，今安徽省淮南市东淮河支流。《苏轼诗集》卷二四《和王斿二首》王注厚曰：“汴渠旧引黄河，元丰中始以洛水易之，谓之清汴，或谓之清洛。”
- **乳花：** 古人有烹茶、煮茶之旧俗。乳花即指烹茶时所起的乳白色泡沫。唐·李德裕《故人寄茶》诗：“碧流霞脚碎，香泛乳花轻。”

- **蓼茸：**野菜的嫩芽。
- **蒿笋：**芦蒿之嫩芽，多产于田间池畔。
- **春盘：**在古代，立春之日，有食春饼、生菜之习俗。将食物以盘装之，即称为春盘。唐·杜甫《立春》诗：“春日春盘细生菜，忽忆两京梅发时。”

◎满庭芳

余年十七，始与刘仲达往来于眉山。今年四十九，相逢于泗上。淮水浅冻，久留郡中。晦日同游南山，话旧感叹，因作《满庭芳》云。

三十三年，飘流江海，万里烟浪云帆。故人惊怪，憔悴老青衫。我自疏狂异趣，君何事、奔走尘凡。流年尽，穷途坐守，船尾冻相衔。

巉巉，淮浦外，层楼翠壁，古寺空岩。步携手林间，笑挽攕攕。莫上孤峰尽处，萦望眼、云海相搀。家何在，因君问我，归梦绕松杉。

题解

作于宋神宗元丰七年（1084）十二月。东坡与同乡刘仲达游南山，“话旧感叹”，遂作此词。傅藻《东坡纪年录》：“元丰七年甲子，十一月晦日与刘仲达相逢泗上，同游南山，作《满庭芳》。”王文诰《苏诗总案》卷二四：“元丰七年甲子，十二月一日，与刘仲达相遇于泗上，乃同至都梁山中话旧作《满庭芳》。”

- **刘仲达：**苏轼同乡兼好友。
- **三十三年：**指皇祐四年（1052）到元丰七年（1084）三十三年光阴。
- **烟浪云帆：**烟浪，即烟波，烟雾笼罩的水面。唐·白居易《海漫漫》诗：“云涛烟浪最深处，人传中有三神山。”云帆，如云的帆。唐·李白《行路难三首》其一诗：“长风破浪会有时，直挂云帆济沧海。”
- **故人：**此处指刘仲达。

- **青衫**：唐制，文官八品官员服深青，九品官员服浅青。后以“青衫”代指官职低下之人。唐·白居易《琵琶行》诗：“座中泣下谁最多，江州司马青衫湿。”
- **疏狂**：豪迈狂放，不受拘囿。唐·白居易《代书诗一百韵寄微之》诗：“疏狂属年少，闲散为官卑。”
- **穷途**：路已行至尽头，比喻处于非常危险的境地。这里指身处困境之中的自己。《晋书》卷四九《阮籍传》：“时率意独驾，不由径路，车迹所穷，辄痛哭而反。”
- **古寺空岩**：此指南山之山寺崖壑。唐·杜甫《和裴迪登新津寺寄王侍郎》诗：“蝉声集古寺，鸟影度寒塘。”隋·杨素《山斋独坐赠薛内史诗二首》其一诗：“深溪横古树，空岩卧幽石。”
- **攕（xiān）攕**：女子美丽纤细的双手。汉·许慎《说文解字》引《诗》：“攕攕女手。”
- **相搀**：掺和在一起。

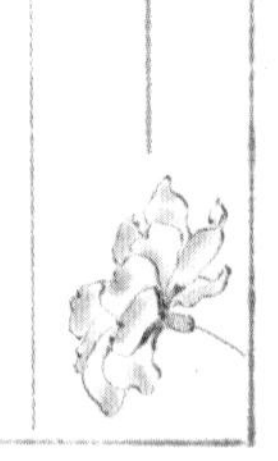

古来云海茫茫，道山绛阙知何处？人间自有，赤城居士，龙蟠凤翥。清净无为，《坐忘》遗照，八篇奇语。向玉霄东望，蓬莱晻霭，有云驾，骖风驭。

行尽九州四海，笑纷纷、落花飞絮。临江一见，谪仙风采，无言心许。八表神游，浩然相对，酒酣箕踞。待垂天赋就，骑鲸路稳，约相将去。

◎水龙吟

昔谢自然欲过海求师蓬莱，至海中，或谓自然：『蓬莱隔弱水三十万里，不可到。天台有司马子微，身居赤城，名在绛阙，可往从之。』自然乃还，受道于子微，白日仙去。子微著《坐忘论》七篇，《枢》一篇。年百余，将终，谓弟子曰：『吾居玉霄峰，东望蓬莱，尝有真灵降焉。今为东海青童君所召。』乃蝉脱而去。其后李太白作《大鹏赋》云：『尝见子微于江陵，谓余有仙风道骨，可与神游八极之表。』元丰七年冬，余过临淮，而湛然先生梁公在焉，童颜清彻，如二三十许人，然人亦有自少见之者。善吹铁笛，嘹然有穿云裂石之声。乃作《水龙吟》一首，记子微、太白之事，倚其声而歌之。

作于宋神宗元丰七年（1084）十二月。《东坡先生年谱》:“元丰七年甲子十二月，又作《水龙吟》。”傅藻《东坡纪年录》:“元丰七年甲子冬，作《水龙吟》记子微太白之事。”全词立意新奇，以神话传说为题材，展开叙述，充满浪漫主义情调。

- **谢自然：**唐代女道士。唐·韩愈《谢自然诗》:“果州南充县，寒女谢自然。童骏（ái）无所识，但闻有神仙。”
- **弱水：**神水名。《山海经》记载：“昆仑之北有水，其力不能胜芥，故名弱水。”
- **天台：**指天台山，传说中的神山，此处借指仙境。南朝宋·孔灵符《会稽记》:“赤城山内，则有天台灵岳，玉室璇台。”
- **司马子微：**唐代道士。刘肃《大唐新语》卷一〇《隐逸》:“司马承贞，字子微，隐于天台山，自号白云子，有服饵之术。”

- **赤城**：道家称神仙所居住的地方为三十六洞天，赤城山为其中之一。唐·李白《梦游天姥吟留别》诗："天姥连天向天横，势拔五岳掩赤城。"
- **绛阙**：傅注："道山，绛阙皆神仙所居。"
- **玉霄峰**：山峰名。在浙江天台山上，传说为仙人居所。
- **青童君**：神话中的仙人，居住于东海。
- **蝉脱**：喻指羽化升仙。
- **八极之表**：八方之外，极言距离之远。
- **临淮**：地名。《新唐书》卷三八《地理二》："泗州临淮郡，上。本下邳郡，治宿预。开元二十三年，徙治临淮，天宝元年，更郡名。"
- **穿云裂石**：形容声音高亢嘹亮，可以穿透云层，震裂石头。
- **赤城居士**：指唐代司马承祯。因隐居天台山赤城，故号赤城居士。
- **龙蟠凤翥**（zhù）：指归隐山林的贤德之人。唐·李白《与韩荆州书》诗："所以龙蟠凤逸之士，皆欲收名定价于君侯。"
- **清净无为**：老庄学派代表思想。西汉初年，为了休养生息，即采取此种政治策略。《老子》："我无为而民自化，我好静而民自正。"

- 《坐忘》：即《坐忘论》，司马承祯著作名称。《庄子·大宗师》："堕肢体，黜聪明，离形去知，同于大道，此谓坐忘。"
- 遗照：心性纯良，不为外物所染。《庄子·应帝王》："至人之用心若镜，不将不迎，应而不藏。"
- 八篇奇语：即司马承祯著的《坐忘论》七篇，《枢》一篇。
- 晻（àn）霭：日光因被遮盖而变得晦暗。战国·屈原《离骚》："扬云霓之晻蔼兮，鸣玉鸾之啾啾。"
- 云驾：仙人的车驾。《庄子·天地》："千岁厌世，去而上仙，乘彼白云，至于帝乡。"
- 骖：马车。《诗经·小雅·采菽》："载骖载驷。"
- 风驭：风车。
- 九州：代指天下。《尚书·禹贡》："冀、兖、青、徐、扬、荆、豫、梁、雍，为九州。"
- 谪仙：代指李白。《旧唐书》卷一九〇《文苑传》："初贺知章见（李）白，赏之曰：'此天上谪仙人也。'"
- 无言心许：嘴上虽然不说，但是心里已经默许了。
- 箕踞：两条腿分开坐在地上，形似簸箕，代表一种轻慢傲视的姿态。《战国策·荆轲刺秦王》："轲自知事不就，倚柱

而笑，箕踞以骂曰：‘事所以不成者，乃欲以生劫之，必得约契以报太子也。’”

骑鲸：唐 · 杜甫《送孔巢父谢病归游江东兼呈李白》诗：“若逢李白骑鲸鱼，道甫问信今何如？”仇兆鳌注：“骑鲸鱼出《羽猎赋》。俗传太白醉骑鲸鱼，溺死浔阳。”

◎满庭芳

余谪居黄州五年，将赴临汝，作《满庭芳》一篇别黄人。既至南都，蒙恩放归阳羡，复作一篇。

归去来兮，清溪无底，上有千仞嵯峨。画楼东畔，天远夕阳多。老去君恩未报，空回首、弹铗悲歌。船头转，长风万里，归马驻平坡。无何，何处有，银潢尽处，天女停梭。问何事人间，久戏风波。顾谓同来稚子，应烂汝、腰下长柯。青衫破，群仙笑我，千缕挂烟蓑。

作于宋神宗元丰八年（1085）二月。是时，东坡上书皇帝，请求乞居常州，在宜兴（阳羡）购置田地、宅院，其请求得到了神宗恩准，东坡怀有感激之心，故作此词。王文诰《苏诗总案》卷二五：“元丰八年乙丑二月，告下，仍以检校尚书水部员外郎，汝州团练副使，不得签书公事，常州居住，再作《满庭芳》词。”

- **五年：**指宋神宗元丰三年（1080）到元丰七年（1084）这五年光阴。
- **临汝：**宋代汝州治所梁县。今隶属于河南省平顶山市汝州市。
- **南都：**见《渔家傲》（千古龙蟠并虎踞）注释“南郡”。
- **清溪：**指荆溪。
- **嵯峨：**山势高峻的样子。

- **画楼：**雕饰华美的小楼。唐·李商隐《无题》诗："昨夜星辰昨夜风，画楼西畔桂堂东。"

- **弹铗悲歌：**战国时期齐国人冯谖（xuān）饥寒交迫，难以维持生计，因此托食孟尝君。冯谖自信才华出众，在孟尝君门下不甘做下客，因而弹铗（剑）把歌唱，要求食有鱼肉，出行坐车，赡养老母。孟尝君一一满足其要求，最终他辅佐孟尝君成就了一番事业。后人遂用"冯弹铗、弹剑、冯谖剑、食无鱼、叹车鱼、长铗归来"等词谓有才华之人暂处困境，有求于人。东坡借此典故喻自己上表皇帝乞居常州一事。

- **"归马"句：**宋·周必大《益公题跋》卷一一："军中谓壮士驰骏马、下峻坂为注坡。"词云："船头转，长风万里，归马注平坡。"

- **"无何"三句：**无何有之乡。指空无所有的虚幻境界。《庄子·逍遥游》："何不树之于无何有之乡。"银潢，天河，银河。《史记》卷二七《天官书》："汉中四星，曰天驷。旁一星，曰王良。王良策马，车骑满野。旁有八星，绝汉，曰天潢。"宋均云："天潢，天津也。"

- **天女停梭：**南朝梁·萧纲《七夕》诗："天梭织来久，方逢今夜停。"此以七夕相会喻家人团聚。

- **"应烂"二句：**柯，斧柄。南朝梁·任昉《述异记》："信安

郡石室山，晋时王质伐木至，见童子数人，棋而歌，质因听之。童子以一物与质，如枣核。质含，不觉饥。俄顷，童子谓曰：‘何不去？’质起视，斧柯烂尽。既归，无复时人。”东坡此处用“王质烂柯”之历史典故喻世事变幻无常。

“千缕”句：青衫破烂得像烟雨中的蓑衣一样，一条一缕的。

◎南乡子

宿州上元

千骑试春游，小雨如酥落便收。能使江东归老客，迟留，白酒无声滑泻油。

飞火乱星球，浅黛横波翠欲流。不似白云乡外冷，温柔，此去淮南第一州。

元丰八年正月十五日作于宿州。朱祖谋《东坡乐府》卷二:“案本集《泗岸喜题》云:‘谪居黄州五年,今日离泗州北行。岸上闻骡驮铎声空笼,意亦欣然。元丰八年五月四日书。’据此,则上元至宿州,情事适合,编乙丑。”全词为读者展示了热闹非凡的节日场景及浓厚的节日氛围,凸显了词人开阔的胸襟。

- **宿州:** 位于今安徽省东北部,别称宿城、蕲城。
- **千骑:** 形容人马很多。一人一马称为骑。宋·柳永《望海潮》词:“千骑拥高牙,乘醉听箫鼓,吟赏烟霞。”
- **小雨如酥:** 小雨滋润如酥。唐·韩愈《早春呈水部张十八员外》诗:“天街小雨润如酥,草色遥看近却无。”
- **迟留:** 长时间耽搁逗留。
- **“白酒”句:** 指酒味甚美,如同滑油一般,不觉饮多,以至不再说话。

- **“飞火”句：** 形容元宵节热闹的盛况。此日张灯结彩，燃放烟火。
- **浅黛：** 女子用螺黛所画之眉。此处代指上元节观赏花灯的少女之美貌。宋·张先《卜算子慢》词：“欲上征鞍，更掩翠帘相眄。惜弯弯浅黛长长眼。”
- **白云乡：** 仙人居住之所。唐·刘禹锡《送深法师游南岳》诗：“师在白云乡，名登善法堂。”
- **淮南第一州：** 指扬州，时为淮南东路首府。

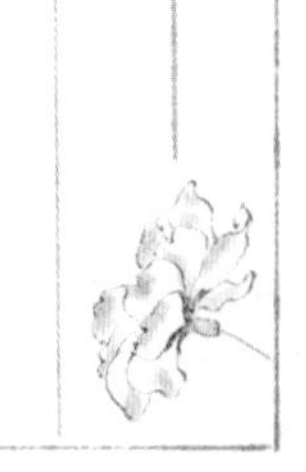

◎又

用前韵，赠田叔通舞鬟。

绣鞅玉镮游，灯晃帘疏笑却收。久立香车催欲上，还留，更且檀唇点杏油。

花遍《六幺》球，面旋回风带雪流。春入腰肢金缕细，轻柔，种柳应须柳柳州。

作于宋神宗元丰八年（1085）四月。王文诰《苏诗总案》卷二五谓乙丑（元丰八年）四月三日自南都还，六日经灵璧，“过楚州哭蔡承僖，为文祭之，田叔通席上赠舞鬟作《南乡子》词”。

- **用前韵：**即用前一首《南乡子》（千骑试春游）的韵字。
- **田叔通：**楚州太守田待问之弟。东坡《和田仲宣见赠》诗王文诰案：“田待问，字仲宣。时知楚州，公过楚州作也。弟，字叔通。”
- **绣鞅玉镮：**绣鞅，套马所用的华美皮带。玉镮，马勒环之美称。唐·杜牧《街西长句》诗：“银鞦騕褭嘶宛马，绣鞅璁珑走钿车。”
- **檀唇：**香唇，多形容女子嘴唇。唐·韩偓《余作探使以缭绫手帛子寄贺因而有诗》：“黛眉印在微微绿，檀口消来薄薄红。”

◌ **杏油：** 北魏·贾思勰《齐民要术》卷四："杏可以为油。"此处指女子化妆用品。

◌ **《六幺》：** 又名《绿腰》《录要》《乐世》，舞曲名称。唐·段安节《琵琶录》："乐工进曲，录出要者，名录要，误为绿腰、六幺。"唐·白居易《琵琶行》诗："轻拢慢捻抹复挑，初为《霓裳》后《六幺》。"

◌ **面旋：** 盘旋飞舞的样子。形容女子舞姿曼妙、轻逸飘摇。

◌ **金缕：** 指《金缕衣》，乐府曲名。宋·郭茂倩《乐府诗集》卷八二《近代曲辞》："劝君莫惜金缕衣，劝君惜取少年时。花开堪折直须折，莫待无花空折枝。"

◌ **"种柳"句：** 借用唐代柳宗元之典故。柳宗元，曾被贬柳州，官任柳州刺史，故又称柳柳州。唐·柳宗元《种柳戏题》诗："柳州柳刺史，种柳柳江边。"

◎渔父

渔父饮，谁家去，鱼蟹一时分付。酒无多少醉为期，彼此不论钱数。

元丰五年（1082）三月作于黄州。苏轼在黄州扁舟草履，游于山水间，与渔樵杂处，作一组《渔父》词，此为其一。王文诰《苏诗总案》云：“《渔父词》起于三闾。诰向能以七弦道之。公又尝改张志和词为《鹧鸪天》。此四章亦其遗意，皆可谱入琴声也。”

- **“鱼蟹”句：**渔父将所捕的鱼蟹交付给酒家。分付，交给。《汉书》卷九二《原涉传》：“宾客争问所当得，涉乃侧席而坐，削牍为疏，具记衣被棺木，下至饭含之物，分付诸客。”
- **“酒无”句：**饮酒不论多少，直到喝醉方才停止。《南史》卷七五《陶潜传》：“（潜）性嗜酒，而家贫不能恒得。亲旧知其如此，或置酒招之，造饮辄尽，期在必醉。”
- **不论钱：**不用讨论钱财之事。唐·杜甫《峡隘》诗：“白鱼如切玉，朱橘不论钱。”

◎菩萨蛮

买田阳羡吾将老，从来不为溪山好。来往一虚舟，聊从造物游。

有书仍懒著，且漫歌归去。筋力不辞诗，要须风雨时。

题解

宋神宗元丰七年（1084）九月作于宜兴。是时，东坡回到宜兴，实现与弟弟苏辙多年的约定，得以买田终老，故作此词。王文诰《苏诗总案》云：“归宜兴作《菩萨蛮》词。”

注释

- **将老：**致仕，退休。
- **虚舟：**任其随意漂泊的舟楫。《庄子·列御寇》：“泛若不系之舟，虚而遨游者也。”成玄英疏：“唯圣人泛然无系，泊尔忘心，譬彼虚舟，任运逍遥。”
- **物外游：**物外，超脱于尘世之外。五代·王仁裕《开元天宝遗事》卷一《物外之游》：“王休高尚不亲势利，常与名僧数人，或跨驴，或骑牛，寻访山水，自谓结物外之游。”

- **“有书”句：** 穷困愁烦时，著书以自遣。《史记》卷七六《平原君虞卿列传》：“虞卿既以魏齐之故，不重万户侯卿相之印，与魏齐间行，卒去赵，困于梁。魏齐已死，不得意，乃著书……凡八篇。以刺讥国家得失，世传之曰《虞氏春秋》。”
- **歌归去：** 此处指东坡于熙宁七年（1074）在彭城作《水调歌头》词，寄予其弟子由之事。词下片云：“岁云暮，须早记，要褐裘。故乡归去千里，佳处辄迟留。我醉歌时君和，醉倒须君扶我，惟酒可忘忧。一任刘玄德，相对卧高楼。”
- **筋力：** 体力，精力。

◎蝶恋花

云水萦回溪上路。叠叠青山，环绕溪东注。月白沙汀翘宿鹭，更无一点尘来处。

溪叟相看私自语。底事区区，苦要为官去。尊酒不空田百亩，归来分取闲中趣。

题解

作于宋神宗元丰八年（1085）。王文诰《苏诗总案》卷二十五：“元丰八年乙丑六月，初闻起知登州，公将行，有怀荆溪，作《蝶恋花》词。”

注释

- **溪：**指荆溪。经过宜兴向东流。《嘉庆一统志》卷八六《常州府》：“荆溪，在荆溪县南，以近溪南山得名。”
- **月白：**月色皎洁。唐·白居易《琵琶行》诗：“东船西舫悄无言，唯见江心秋月白。”

◎又

过涟水军赠赵晦之。

自古涟漪佳绝地。绕郭荷花，欲把吴兴比。倦客尘埃何处洗，真君堂下寒泉水。

左海门前鱼酒市。夜半潮来，月下孤舟起。倾盖相逢拚一醉，双凫飞去人千里。

作于宋神宗元丰八年（1085）十月。王文诰《苏诗总案》卷二六：“元丰八年乙丑十月，过涟水，重遇赵晦之赠《蝶恋花》词。”

- **涟水军：**《宋史》卷八八《地理四》：“（淮南东路）州十：杨、亳、宿、楚、海、泰、泗、滁、真、通。军二：高邮、涟水。”北宋《太平寰宇记》卷一七《河南道·涟水军》：“涟水军，理涟水县。本楚州涟水县也，皇朝太平兴国三年十二月建为涟水军。熙宁五年废军，以涟水县隶楚州。”
- **绕郭：**围绕着城郭。唐·白居易《余杭形胜》诗：“绕郭荷花三十里，拂城松树一千株。”
- **倦客：**东坡自指。晋·陆机《长安有狭邪行》诗：“余本倦游客，豪彦多旧亲。”

- **“真君”句：**道教对神仙的称谓。苏轼《告五岳祝文》：“天为真君，地为真宰。”寒泉，清冽的泉水。晋·左思《招隐二首》其二诗：“前有寒泉井，聊可莹心神。”

- **左海：**海居于东，即指东海。《礼记·乡饮酒义》：“洗之在阼，其水在洗东，祖天地之左海也。”注：“海水之委也。”

- **倾盖相逢：**喻朋友相逢。盖，指车盖。二人乘车路遇，停车对语，车上的盖子因紧紧靠在一起而稍有倾斜，故有“倾盖”之说。汉·邹阳《狱中上梁王书》：“白头如新，倾盖如故。”

- **双凫：**两只野鸭。汉·扬雄《解嘲》：“譬若江湖之崖，渤澥之岛，乘雁集不为之多，双凫飞不为之少。”

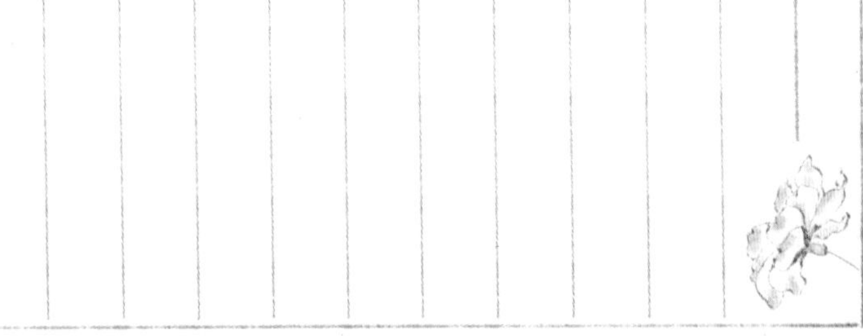

◎水调歌头

欧阳文忠公尝问余：『琴诗何者最善？』答以退之《听颖师琴》诗。公曰：『此诗固奇丽，然非听琴，乃听琵琶诗也。』余深然之。建安章质夫家善琵琶者乞为歌词，余久不作，特取退之词稍加檃栝，使就声律，以遗之云。

昵昵儿女语，灯火夜微明。恩怨尔汝来去，弹指泪和声。忽变轩昂勇士，一鼓填然作气，千里不留行。回首暮云远，飞絮搅青冥。众禽里，真彩凤，独不鸣。跻攀寸步千险，一落百寻轻。烦子指间风雨，置我肠中冰炭，起坐不能平。推手从归去，无泪与君倾。

王文诰《苏诗总案》编入此词，元祐二年丁卯（1087）四月，作于东京。朱本、龙本俱从王文诰《苏诗总案》之编年。孔谱编元丰四年作于黄州。薛本据苏轼《与朱康叔书》考证此词作于元丰五年壬戌（1082）正月。

- **退之**：指唐代文学家韩愈，字退之，“唐宋八大家”之一，河南河阳（今河南孟州）人。自称“郡望昌黎”，世称其为“韩昌黎”“昌黎先生”。
- **《听颖师琴》**：唐代诗人韩愈诗作，全诗云：“昵昵儿女语，恩怨相尔汝。划然变轩昂，勇士赴敌场。浮云柳絮无根蒂，天地阔远随飞扬。喧啾百鸟群，忽见孤凤凰。跻攀分寸不可上，失势一落千丈强。嗟余有两耳，未省听丝篁。自闻颖师弹，起坐在一旁。推手遽止之，湿衣泪滂滂。颖乎尔诚能，无以冰炭置我肠。”
- **章质夫**：章楶（jié），字质夫。北宋名将、诗人。建宁军浦城县（今属福建省南平市浦城县）。
- **檃栝**：原义为矫正木材弯曲的器具，后引申为将原来的诗文加以改写。此处指将韩愈的诗改写成词。

- **昵昵：** 亲切、亲密的样子。
- **尔汝：** 亲昵。
- **“一鼓”句：** 《左传 · 庄公十年》：“夫战，勇气也。一鼓作气，再而衰，三而竭。”填然，声势宏大。《孟子 · 梁惠王上》：“填然鼓之，兵刃既接，弃甲曳兵而走。”注：填，鼓音也，兵以鼓进，以金退。
- **“千里”句：** 喻天下无敌。《庄子 · 说剑》：“王曰：‘子之剑何能禁制？’曰：“臣之剑，十步一人，千里不留行。’王大悦之，曰：‘天下无敌矣。’”
- **青冥：** 青天。
- **“众禽”三句：** 化用韩诗“喧啾百鸟群，忽见孤凤凰”之句，意为百鸟齐鸣之中，只有凤凰的声音最为动听。
- **“跻攀”二句：** 化用韩诗“跻攀分寸不可上，失势一落千丈强”之句意。跻，攀登。百寻，形容极高或者极长。《淮南子》卷一八《人间训》：“千里之堤，以蝼蚁之穴漏；百寻之屋，以突隙之烟焚。”
- **“烦子”三句：** 化用韩诗“自闻颖师弹，起坐在一旁”和“颖乎尔诚能，无以冰炭置我肠”之句意。冰炭，互不相容的事物，此处代指内心剧烈的变化。
- **“推手”二句：** 化用韩诗“推手遽止之，湿衣泪滂滂”之句意。推手，打手势。唐 · 刘长卿《赴巴南书情寄故人》诗：“裁书欲谁诉，无泪可潸然。”

◎水龙吟

次韵章质夫《杨花》词。

似花还似非花，也无人惜从教坠。抛家傍路，思量却是，无情有思。萦损柔肠，困酣娇眼，欲开还闭。梦随风万里，寻郎去处，又还被，莺呼起。

不恨此花飞尽，恨西园、落红难缀。晓来雨过，遗踪何在，一池萍碎。春色三分，二分尘土，一分流水。细看来，不是杨花，点点是离人泪。

王文诰《苏诗总案》：“此词无年月可考。据《续资治通鉴长编》，元祐二年正月，章粢为吏部郎中。四月出知越州。时粢正在京中，因附载于此。”编于元祐二年丁卯（1087）。刘崇德《苏轼“杨花词”系年考辨》、薛本、孔谱考证此词作于元丰四年（1081），作于黄州，今从之。

- **次韵：**旧时古体诗词的一种写作方式，即依次用所和诗中的韵来写诗，故称“次韵”，又称“步韵”。
- **“似花”句：**指柳絮似花又不是花。唐·白居易《花非花》：“花非花，雾非雾。夜半来，天明去。来如春梦几多时，去似朝云无觅处。”
- **从教：**放任、不管。宋·韦骧《菩萨蛮》词：“白发不须量，从教千丈长。”

- **无情有思**：言杨花看似无情，实则却自有它的心绪情思。
- **萦损**：形容因愁思郁结而憔悴。宋·欧阳修《怨春郎》词："恼愁肠，成寸寸。已恁莫把人萦损。"
- **困酣**：因困倦而酣睡。
- **"梦随"四句**：化用唐·金昌绪《春怨》"打起黄莺儿，莫教枝上啼。啼声惊妾梦，不得到辽西"之句意。
- **落红难缀**：落花难以收拾。落红，即落花。唐·戴叔伦《相思曲》："落红乱逐东流水，一点芳心为君死。"
- **遗踪**：遗留下来的踪迹。指落雨后的杨花瓣。
- **一池萍碎**：苏轼自注云："杨花落水为浮萍，验之信然。"宋·姚宽《西溪丛语》卷下："杨、柳二种。杨树叶短，柳树叶长。花即初发时，黄蕊子为飞絮。今絮中有小青子，著水泥沙滩上，即生小青芽，乃柳之苗也。东坡谓絮化为浮萍，误矣。"
- **"春色"三句**：清·李调元《雨村词话》卷一："宋初叶清臣，字道卿，有《贺圣朝》词云：'三分春色三分愁，更一分风雨。'东坡《水龙吟》演为长（短）句云：'春色三分，二分尘土，一分流水。'神意更远。"
- **"细看"三句**：化用唐人"君有陌上梅花红，尽是离人眼中血"之句意。

◎满庭芳

香叆雕盘，寒生冰箸，画堂别是风光。主人情重，开宴出红妆。腻玉圆搓素颈，藕丝嫩、新织仙裳。歌声罢，虚檐转月，余韵尚悠飏。

人间何处有，司空见惯，应谓寻常。坐中有狂客，恼乱愁肠。报道金钗坠也，十指露、春笋纤长。亲曾见，全胜宋玉，想像赋高唐。

熙宁十年丁巳（1077）年春，作于东京。张宗橚《词林纪事》卷五："案《西园雅集图跋》：此阕当在王都尉晋卿席上，为啭春莺作也。"

- **香叆（ài）雕盘：**香叆，香气弥漫。雕盘，雕镂彩釉的烟盘。
- **冰箸（zhù）：**因滴水而形成的冰柱，又称冰条。五代·王仁裕《开元天宝遗事》卷下《冰箸》："冬至日大雪，至午雪霁，有晴色。因寒所结檐溜，皆为冰条，妃子使侍儿敲下二条看玩。帝自晚朝视政回，问妃子曰：'所玩何物耶？'妃子笑而答曰：'妾所玩者，冰箸也。'帝谓左右曰：'妃子聪慧，比众可爱也。'"
- **素颈：**洁白美丽的脖颈。三国魏·曹植《洛神赋》："延颈秀项，皓质呈露。"
- **藕丝：**色彩名，即纯白色。唐·李贺《天上谣》诗："粉霞红绶藕丝裙。"王琦汇解："粉霞、藕丝，皆当时彩色名。"

- **悠飏：**荡漾。宋·晏殊《浣溪沙》词："寒雪寂寥初散后，春风悠飏欲来时。"
- **狂客：**放荡不羁之人，此处为词人自指。唐·李白《醉后答丁十八以诗讥余捶碎黄鹤楼》诗："一州笑我为狂客，少年往往来相讥。"
- **金钗坠也：**唐·韩愈《酒中留上襄阳李相公》诗："银烛未销窗送曙，金钗半醉座添春。"傅注："张祜客淮南幕中，赴宴时，杜紫微为支使，南座有属意之处，索骰子赌酒杜微吟曰：'骰子逡巡裹手拈，无因得见玉纤纤。'祜应曰：'但知报道金钗落，仿佛还应露指尖。'"
- **春笋：**此处比喻歌女手指纤细。

◎西江月

送钱待制穆父

莫叹平齐落落，且应去鲁迟迟。与君各记少年时，须信人生如寄。

白发千茎相送，深杯百罚休辞。拍浮何用酒为池，我已为君德醉。

作于宋哲宗元祐三年（1088）九月间，是年苏轼五十三岁。苏轼与钱勰（字穆父）是好友。宋哲宗亲政后，钱勰因与权臣章惇不合，被排挤罢官。这首词是苏轼送钱勰外任时所作。《苏轼文集》卷三〇《送钱穆父出守越州绝句二首》施注云：“钱穆父以龙图阁侍制权知开封府，坐奏狱空不实，出知越州，时元祐三年九月也。”

- **钱待制穆父：** 指钱穆父，即钱勰。《宋史》卷三一七《钱勰传》：“（勰）字穆父。……元祐初，迁给事中，以龙图阁待制知开封府。”
- **平齐落落：** 平齐，平定齐地（今属山东），指汉朝名将耿弇（yǎn）奉命平齐。落落，落落难合。《后汉书》卷一九《耿弇传》：“车驾至临淄自劳军，群臣大会，帝谓弇曰：‘将军前在南阳，建此大策，常以为落落难合，有志者事竟成也。’”此以“莫叹平齐落落”解慰钱穆父。

- **去鲁迟迟：**《孟子·万章下》：“（孔子）去鲁，曰：‘迟迟吾行也，去父母国之道也。’”表现出了词人对友人钱待制的不舍、依依惜别之情，希望友人慢慢离开。
- **人生如寄：**意谓人生短暂，就如同寄居在人世间一般转瞬即逝，此处为宽慰友人之语。
- **“白发”二句：**苍苍白发惜别友人，罚酒百杯亦不推辞。唐·杜甫《乐游园歌》诗：“数茎白发那抛得，百罚深杯亦不辞。”
- **拍浮：**游泳。苏轼《莫笑银杯小答乔太博》诗：“万斛船中著美酒，与君一生长拍浮。”
- **德醉：**《诗经·大雅·既醉》：“既醉以酒，既饱以德。君子万年，介尔景福。”朱熹注：“言享其饮食恩惠之后，而愿其受福如此也。”

◎点绛唇

己巳重九和苏坚

我辈情钟，古来谁似龙山宴。而今楚甸，戏马余飞观。

顾谓佳人，不觉秋强半。筝声远，鬓云撩乱，愁入参差雁。

作于宋哲宗元祐四年（1089）九月。《东坡先生年谱》：“元祐四年己巳，又有己巳重九和苏伯固《点绛唇》。”

- **我辈情钟：**南朝宋·刘义庆《世说新语·伤逝》：“王戎丧儿万子，山简往省之，王悲不自胜。简曰：‘孩抱中物，何至于此？王曰：‘圣人忘情，最下不及情。情之所钟，正在我辈。’”
- **龙山宴：**晋·陶渊明《晋故征西大将军长史孟府君传》：“九月九日，（桓）温游龙山，参佐毕集，四弟二甥咸在座。时佐吏并著戎服。有风吹君（指孟府君，字嘉）帽堕落。温目左右及宾客勿言，以观其举止。君初不自觉，良久如厕。温命取以还之。”
- **楚甸：**楚地。甸，古代指郊外的场所。傅注：“彭城，楚地，今为甸服。”
- **戏马：**指戏驰，古迹名，即在今江苏省徐州市户部山上。西楚霸王项羽以山为台，坐观士卒赛马，故有此名。

唐·李吉甫《元和郡县图志》卷九："戏马台，在（彭城）县东南二里。项羽所造，戏马于此。宋公九日登戏马台即此。"

○ **参差雁：** 参差，高低错落的样子。傅注："雁，筝雁也。筝柱斜列，参差如雁。故贯休诗云：'刻成筝柱雁相挨。'"

◎临江仙

疾愈登望湖楼，赠项长官。

多病休文都瘦损，不堪金带垂腰。望湖楼上暗香飘。
和风春弄袖，明月夜闻箫。
酒醒梦回清漏永，隐床无限更潮。佳人不见董娇娆。
徘徊花上月，空度可怜宵。

作于宋哲宗元祐五年（1090）春，苏轼时年五十五岁。王文诰《苏诗总案》卷三二：“元祐五年庚午二月，病起登望湖楼赠项长官作《临江仙》词。”

- **休文：**《梁书》卷一三《沈约传》：“沈约，字休文……初，约久处端揆，有志台司，论者咸谓为宜，而帝终不用，乃求外出，又不见许。与徐勉素善，遂以书陈情于勉曰：‘……百日数旬，革带常应移孔；以手握臂，率计月小半分。以此推算，岂能支久？……欲表闻，乞归老之秩。’
- **金带：**高官的服饰。《宋史》卷一五三《舆服五》：“带，古惟用革，自曹魏而下，始有金、银、铜之饰……太宗太平兴国七年正月，翰林学士承旨李昉等奏曰：‘奏诏详定车服制度，请从三品以上服玉带，四品以上服金带。’”
- **暗香：**幽香。宋 · 林逋《山园小梅》诗：“疏影横斜水清浅，暗香浮动月黄昏。”

○ **和风春弄袖：**弄，玩弄。唐·杜牧《送刘秀才归江陵》诗："刘郎浦夜侵船月，宋玉亭春弄袖风。"

○ **明月夜闻箫：**化用唐·杜牧《寄扬州韩绰判官》诗"二十四桥明月夜，玉人何处教吹箫"之句意。《苏轼诗集》卷一六《芙蓉城》诗："因过缑山朝帝廷，夜闻笙箫弭节听。"

○ **隐床：**偃卧于床榻。南朝梁·沈约《夜夜曲》："月辉横射枕，灯光半隐床。"

○ **董娇娆：**古乐府曲名。《玉台新咏》卷一有宋子侯《董娇娆》诗一首。娇饶，泛指美女。

○ **"徘徊"二句：**《太平广记》卷三二六《沈警》："元机名警……作《凤将雏含娇》曲，其词曰：'命啸无人啸，含娇何处娇。徘徊花上月，空度可怜宵。'"

◎南歌子

杭州端午

山与歌眉敛，波同醉眼流。游人都上十三楼，不羡竹西歌吹、古扬州。

菰黍连昌歜，琼彝倒玉舟。谁家《水调》唱歌头，声绕碧山飞去、晚云留。

作于宋哲宗元祐五年（1090）端午节。时值元宵佳节，词人登临游赏，见大好河山及万千百姓，有感而发，作此词，展现了词人与民同乐的情怀。

- **“山与”句：** 化用唐·谢偃《听歌赋》“低翠蛾而敛色，睇横波而流光”之句意。眉敛，皱眉。唐·王绩《在京思故园见乡人问》诗：“敛眉俱握手，破涕共衔杯。”
- **十三楼：** 宋代杭州名胜古迹。宋·吴自牧《梦粱录》卷一二《西湖》：“大佛头石山后名十三间楼，乃东坡守杭日多游此，今为相严院矣。”
- **竹西歌吹：** 竹西，地名。唐·杜牧《题扬州禅智寺》诗：“谁知竹西路，歌吹是扬州。”
- **菰（gū）黍：** 粽子。晋·周处《风土记》：“仲夏端午，烹鹜角黍。”傅注：“五月五日，以菰叶裹黏米，楚祭屈原之遗风。”

- **昌歜(chù)：** 菖蒲酒。唐·韩愈《送无本师归范阳》诗："来寻吾何能？无殊嗜昌歜。"
- **"琼彝"句：** 用美玉制成的酒器。舟，尊彝下置的托盘。诗文中常用"琼彝玉舟"作为酒器之美称。
- **《水调》唱歌头：** 即歌唱《水调歌头》词。傅注："《水调》曲颇广，谓之'歌头'，岂非首章之一解乎？白乐天：'六么水调家家唱。'"

◎又

古岸开青葑，新渠走碧流。会看光满万家楼，记取他年扶病、入西州。

佳节连梅雨，余生寄叶舟。只将菱角与鸡头，更有月明千顷、一时留。

作于宋哲宗元祐五年（1090）五月五日。苏轼于元祐五年四月二十九日上《杭州乞度牒开西湖状》，云：“陂湖河渠之类，久废复开，事关兴运。虽天道难知，而民心所欲，天必从之。”五月五日复上《申三省起请开湖六条状》。取葑田，积湖中为长堤。这是一首想象之词。

- **青葑（fèng）：** 葑田。《晋书·毛璩传》：“四面湖泽，皆是菰葑。”傅注：“《广韵》：葑，菰根也。”
- **“新渠”句：** 新开凿出来的水渠。碧流，绿水。唐·柳宗元《酬曹侍御过象县见寄》诗：“破额山前碧玉流，骚人遥驻木兰舟。”
- **他年扶病、入西州：** 《晋书》卷七九《谢安传》：“闻当舆入西州门，自以本志不遂，深自慨失。……羊昙者，太山人，知名士也，为安所爱重。安薨后，辍乐弥年，行不由西州路。尝因石头大醉，扶路唱乐，不觉至州门，左右白曰：

‘此西州门。’昙悲感不已，以马策扣扉，诵曹子建诗曰：‘生存华屋处，零落归山丘。’恸哭而去。”

- **梅雨：** 每年的六七月份，梅子成熟之时所下的连绵雨。《初学记》卷二引梁元帝《纂要》：“梅熟而雨曰梅雨。”

- **鸡头：** 也称芡实，即芡的果实。其花似鸡冠，实苞如鸡首，故有此名。汉·扬雄《方言》卷三：“䓈芡，鸡头也。”

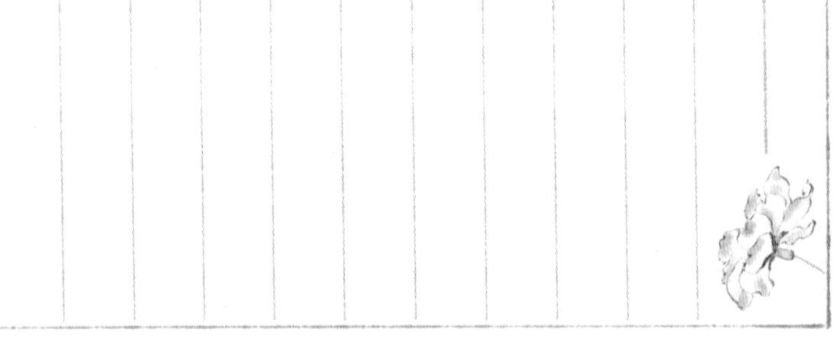

◎减字木兰花

钱塘西湖有诗僧清顺，所居藏春坞，门前有二古松，各有凌霄花络其上，顺常昼卧其下。时余为郡，一日屏骑从过之，松风骚然。顺指落花求韵，余为赋此。

双龙对起，白甲苍髯烟雨里。疏影微香，下有幽人昼梦长。

湖风清软，双鹊飞来争噪晚。翠飐红轻，时上凌霄百尺英。

作于宋哲宗元祐五年（1090），是年东坡五十五岁。王文诰《苏诗总案》据杨绘《本事集》所载编此词于元祐五年庚午。全词咏物拟人，不即不离，构思精巧。孔谱编熙宁六年（1073）。

- **清顺：** 西湖僧人名称，东坡好友。据宋·释惠洪《冷斋夜话》卷六云：“西湖僧清顺，（字）怡然。清苦多佳句……东坡晚年亦与之游，多唱酬。”
- **藏春坞：** 西湖僧人清顺居处，在今江苏镇江南清风桥。
- **凌霄花：** 又名紫霄。紫葳科、凌霄属攀缘藤本植物。五代·欧阳炯《凌霄花》诗：“凌霄多半绕棕榈，深染栀黄色不如。满树微风吹细叶，一条龙甲飐清虚。”
- **松风骚然：** 指松树随风摇摆。骚然，动荡不安的样子。苏轼《代张方平谏用兵书》：“边兵背叛，京师骚然。”

○ **双龙：** 将门前的两棵古松比喻为双龙，凸显其挺拔苍劲之风姿。

○ **幽人：** 幽隐之人，这里指西湖僧人清顺。

○ **清软：** 清脆，柔和。宋·释德洪《蔡州道中》诗：“饮食甘酸杂淮甸，语音清软近京畿。”

○ **翠飐（zhǎn）：** 飐，微风吹拂飘动的样子。汉·许慎《说文解字》：“风吹浪动也。”

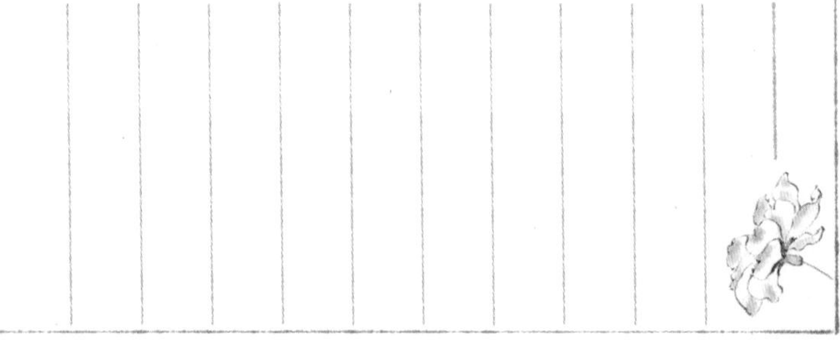

◎点绛唇

庚午重九

不用悲秋，今年身健还高宴。江村海甸，总作空花观。

尚想横汾，兰菊纷相半。楼船远，白云飞乱，空有年年雁。

题解

宋哲宗元祐五年（1090）九月九日，作于杭州。傅藻《东坡纪年录》：“元祐五年庚午，重九日再和苏坚前年《点绛唇》韵。”全词怀古伤今，营造出了万事皆空的悲凉意境。

- **悲秋：** 战国·宋玉《楚辞·九辩》：“悲哉，秋之为气也。”宋玉因此有“悲秋之祖”之称。
- **江村海甸：** 代指郊外。
- **横汾：** 指乘船渡汾河时，船只横于中流。汉·刘彻《秋风辞》：“泛楼船兮济汾河，横中流兮扬素波。”
- **年年雁：** 年年都有大雁飞过。唐·李峤《汾阴行》诗：“山川满目泪沾衣，富贵荣华能几时？不见只今汾水上，唯有年年秋雁飞。”告诫世人富贵荣华转瞬即逝，不用过分追求。

◎好事近

西湖夜归

湖上雨晴时，秋水半篙初没。朱槛俯窥寒鉴，照衰颜华发。

醉中吹堕白纶巾，溪风漾流月。独棹小舟归去，任烟波摇兀。

作于宋哲宗元祐五年（1090）九月。王文诰《苏诗总案》卷三二:“元祐五年庚午九月，泛舟西湖作《好事近》词。”

- **朱槛:** 红色的栏杆。唐·李渥《秋日登越王楼献于中丞》诗:“画檐先弄朝阳色，朱槛低临众木秋。”
- **寒鉴:** 比喻清澈闪光的水面。宋·欧阳修《送胡学士知湖州》诗:“吴兴水精宫，楼阁在寒鉴。”
- **摇兀:** 漂摇荡动貌。

◎渔家傲

送吉守江郎中

送客归来灯火尽，西楼淡月凉生晕。明日潮来无定准。

潮来稳，舟横渡口重城近。

江水似知孤客恨，南风为解佳人愠。莫学时流轻久困。

频寄问，钱塘江上须忠信。

熙宁七年（1074）九月，作于杭州。详见邹王本重印后记考证。此词为东坡送别友人江宽之作。全词构思精妙，从“送客归来”写起，展现了词人对友人的深情厚谊。词题中“吉守”当为“台守”。朱本误改。

- **吉守江郎中：** 东坡好友江宽。
- **送客：** 东坡送别友人江宽。
- **晕（yùn）：** 月亮周围之光圈。《史记》卷二七《天官书》：“日月晕適，云风，此天之客气，其发见亦有大运。”《集解》引孟康曰：“晕，日旁气也。”这里指天凉而月生晕。
- **潮：** 此处指钱塘江潮水。唐·李白《新林浦阻风寄友人》诗：“潮水定可信，天风难与期。”
- **舟横：** 小舟随意漂浮。唐·韦应物《滁州西涧》诗：“春潮带雨晚来急，野渡无人舟自横。”
- **重城：** 泛指城市。唐·李峤《楼》诗：“百尺重城际，千寻大道隈。”

- **“南风”句：**意谓佳人弹奏唱和《南风》之诗，以消解烦恼的情绪。见《瑶池燕》（飞花成阵）注释“‘玉纤’二句”。

- **轻久困：**轻，看轻，轻视。久困，长期困厄之人。《史记》卷六九《苏秦列传》：“出游数岁，大困而归。兄弟嫂妹妻窃皆笑之，曰：‘周人之俗，治产业，力工商，逐什二以为务。今子释本而事口舌，困，不亦宜乎！’”

- **忠信：**化用《论语·卫灵公》“言忠信，行笃敬”之句意。傅注：“钱塘江险恶，多覆行舟，故云。”

◎浣溪沙

雪颔霜髯不自惊，更将剪彩发春荣。羞颜未醉已先赪。

莫唱黄鸡并白发，且呼张丈唤殷兄。有人归去欲卿卿。

宋哲宗元祐六年（1091）正月十五，作于杭州。《东坡先生年谱》：“元祐六年辛未，上元作会，有献剪彩花者，作《浣溪沙》词寄袁公济。”全词娓娓道来，写平常琐事之余蕴含哲理，亦庄亦谐，耐人寻味。

- **雪颔霜髯：**白色的胡须，说明年事已高。唐·许浑《题四老庙二首》其一诗：“峨峨商岭采芝人，雪顶霜髯虎豹茵。”
- **剪彩：**古时人日（正月初七）的剪彩习俗。南朝梁·宗懔《荆楚岁时记》：“正月七日，为人日。以七种菜为羹，剪彩为人，或镂金箔为人，以贴屏风，亦戴之头鬓，又造华胜以相遗，登高赋诗…… 剪彩人者，人入新年，形容改，从新也。”
- **赪（chēng）：**红色。《尔雅·释器》：“一染谓之縓，再染谓之赪，三染谓之纁。”疏：“赪，浅赤也。”

- **张丈唤殷兄：**唐·白居易《岁日家宴戏示弟侄等兼呈张侍御二十八丈殷判官二十三兄》诗："犹有夸张少年处，笑呼张丈唤殷兄。"丈，指长辈。兄，指同辈。后世常用"张丈殷兄"泛指所有亲朋好友。

- **卿卿：**形容相爱的男女或夫妻举止亲昵。南朝宋·刘义庆《世说新语·惑溺》："王安丰妇，常卿安丰，安丰曰：'妇人卿婿，于礼为不敬。后勿复尔。'妇曰：'亲卿，爱卿，是以卿卿，我不卿卿，谁当卿卿？'遂恒听之。"

◎西江月

宝云真觉院赏瑞香

公子眼花乱发，老夫鼻观先通。领巾飘下瑞香风，惊起谪仙春梦。

后土祠中玉蕊，蓬莱殿后鞓红。此花清绝更纤秾，把酒何人心动。

作于宋哲宗元祐六年（1091）。王文诰《苏诗总案》卷三三：“元祐六年辛未二月二十八日，诏下，以翰林学士承旨召还，罢杭州任。三月，和曹辅《龙山真觉院瑞香花》诗，再作《西江月》词。”

- **宝云**：即宝云寺。宋·潜说友《咸淳临安志》：“北山宝云寺，乾德二年钱氏建，旧名千光王寺。雍熙二年改今额。”
- **真觉**：即真觉院。明·田汝成《西湖游览志》：“龙山稍北为玉厨山善慧禅寺……旧有真觉院。”
- **瑞香**：花名。宋·陶谷《清异录》：“一比丘昼寝磐石上，梦中闻花香烈酷，不可名。既觉，寻香求之，因名睡香。四方奇之，谓乃花中祥瑞，遂以瑞易睡。”
- **公子**：即曹子方。《东坡诗集》施注：“元祐三年（1088）九月，自太仆丞为福建转运判官。东坡继出守钱塘，同出吴兴，作《后六客词》，子方其一也。子方自闽归，道钱塘，有《真觉院瑞香花》《雪中同游西湖》二诗。”

○ **鼻观：**佛教观想法，谓观鼻端白。苏轼《和黄鲁直烧香二首》其一诗："不是闻思所及，且令鼻观先参。"

○ **"领巾"句：**宋·乐史《杨太真外传》："乾元元年，贺怀智又上言曰：'昔上夏日与亲王棋，令臣独弹琵琶，贵妃立于局前观之。……时风吹贵妃领巾于臣巾上，良久，回身方落。及归，觉满身香气。"此处极言瑞香花之香。

○ **谪仙：**原指李白，此处代指曹子方。

○ **后土祠：**祠庙名，位于扬州城外。傅注："扬州后土夫人祠有琼花一本，天下所无。"葛立方《韵语阳秋》卷一六："东坡《瑞香词》有'后土祠中玉蕊'之句者，非谓玉蕊花，止谓琼花如玉蕊之白耳。"

○ **蓬莱殿：**唐朝初年修建的宫殿，位于洛阳河南宫内。

○ **鞓（tīng）红：**深红色的花。宋·欧阳修《洛阳牡丹记·花释名》："鞓红者，单叶深红花，出青州，亦曰青州红……其色类腰带鞓，故谓之鞓红。"

◎又

坐客见和，复次韵。

小院朱阑几曲，重城画鼓三通。更看微月转光风，归去香云入梦。

翠袖争浮大白，皂罗半插斜红。灯花零落酒花秾，妙语一时飞动。

作于宋哲宗元祐六年（1091）。词的上片，描写赏花场景，及至晚间归来，花香竟然不觉入梦，令词人流连忘返至此。词的下片，描写与友人宴饮娱乐的场景，突出了瑞香花给人们带来的无尽乐趣。

- **画鼓**：亦作“画皷”，绘有彩饰的鼓。唐·李郢《画鼓》诗：“尝闻画鼓动欢情，及送离人恨鼓声。两杖一挥行缆解，暮天空使别魂惊。”
- **三通**：三叠鼓声。唐·白居易《柘枝妓》诗：“平铺一合锦筵开，连击三声画鼓催。”
- **光风**：和风。战国·宋玉《楚辞·招魂》：“光风转蕙，泛崇兰些。”王逸注：“光风，谓雨已日出而风，草木有光也。”
- **香云**：此处指瑞香花的香气。

- **翠袖：** 青绿色的袖子，泛指女子的装束。此处指侍酒的歌伎。唐·杜甫《佳人》诗："天寒翠袖薄，日暮倚修竹。"

- **浮大白：** 罚酒之意。浮，违反酒令被罚饮酒。白，罚酒用的酒杯。汉·刘向《说苑·善说》："魏文侯与大夫饮酒，使公乘不仁为觞政，曰：'饮（而）不釂（jiào）者，浮以大白。'"后世指满饮大杯酒。

- **皂罗：** 一种色黑质薄的丝织品，亦可代指头巾。苏轼《李钤辖坐上分题戴花》诗："绿珠吹笛何时见，欲把斜红插皂罗。"

- **酒花：** 浮在酒面上的泡沫。唐·孟郊《送殷秀才南游》诗："诗句临离袂，酒花薰别颜。"

- **妙语：** 席间唱和。苏轼《次韵范淳甫送秦少章》诗："赠行苦说我，妙语慰蹉跎。"

◎木兰花令

次马中玉韵

知君仙骨无寒暑，千载相逢犹旦暮。故将别语恼佳人，欲看梨花枝上雨。

落花已逐回风去，花本无心莺自诉。明朝归路下塘西，不见莺啼花落处。

作于宋哲宗元祐六年（1091）辛未春三月。王文诰《苏诗总案》卷三三：“元祐六年辛未三月，马瑊赋《木兰花令》送别，再和瑊词。”

- **马中玉：** 名瑊，山东茌平（现属山东省聊城市茌平区）人。宋·潜说友《咸淳临安志》：“元祐五年八月，宣德郎马瑊自提点淮南西路刑狱，改两浙路提刑。”
- **仙骨：** 道教用语。傅注：“得仙道者，深冬不寒，盛夏不热。”
- **旦暮：** 早晨和傍晚，极言时间短促，转瞬即逝。
- **梨花枝上雨：** 眼泪像沾着雨点的梨花一样，原形容杨贵妃哭泣的姿态，后泛指美人的眼泪。此处指友人马瑊因离别而流泪。唐·白居易《长恨歌》诗：“玉容寂寞泪阑干，梨花一枝春带雨。”

◎临江仙

送钱穆父

一别都门三改火，天涯踏尽红尘。依然一笑作春温。无波真古井，有节是秋筠。

惆怅孤帆连夜发，送行淡月微云。尊前不用翠眉颦。人生如逆旅，我亦是行人。

宋哲宗元祐六年（1091），作于杭州。孔谱卷三〇：“（元祐六年正月）初七日，与钱勰、江公著（晦叔）、柳瑊同访龙井元净（辩才），题名。……勰赴瀛洲，赋《临江仙》送行。”故此词为东坡送别友人之作。

- **改火：** 古代钻木取火，因一年四季所用木材各不相同，故有“改火”一说。“三改火”谓已经经历三年了。
- **红尘：** 人间俗世。汉·班固《西都赋》：“阗城溢郭，旁流百廛（chán），红尘四合，烟云相连。”
- **春温：** 春天的温暖。《史记》卷四六《田敬仲完世家》：夫大弦浊以春温者，君也；小弦廉折以清者，相也。”苏轼《送鲁元翰少卿知卫州》诗：“时于冰雪中，笑语作春温。”
- **“无波”二句：** 形容人内心恬静，如古井之水一般，没有一丝波澜。此指情感不为外物所扰。唐·白居易《赠元稹》

诗："无波古井水，有节秋竹竿。"秋筠，秋日的竹竿。此处用"古井""秋筠"赞美钱穆父高洁的品质。

- **颦：** 紧皱眉头。唐·杜甫《江月》诗："谁家挑锦字，灭烛翠眉颦。"
- **逆旅：** 旅店，客舍。《左传·僖公二年》："今虢为不道，保于逆旅。"杜预注："逆旅，客舍也。"唐·李白《春夜宴从弟桃花园序》诗："夫天地者，万物之逆旅也；光阴者，百代之过客也。"
- **行人：** 过客。

◎八声甘州

寄参寥子

有情风万里卷潮来，无情送潮归。问钱塘江上，西兴浦口，几度斜晖。不用思量今古，俯仰昔人非。谁似东坡老，白首忘机。

记取西湖西畔，正春山好处，空翠烟霏。算诗人相得，如我与君稀。约他年、东还海道，愿谢公、雅志莫相违。西州路，不应回首、为我沾衣。

作于元祐六年（1091）三月六日。是时，东坡在杭州任上，朝廷下旨将其召回，东坡将离杭之时，作此词，赠予好友参寥子。《苕溪渔隐丛话》后集卷三九云：“东坡别参寥长短句（词略）。其词石刻后东坡自题云：‘元祐六年三月六日。’余以东坡先生年谱考之，元祐四年知杭州，六年诏为翰林学士承旨，则长短句盖此时作也。”

○ **参寥子：**东坡在杭州的好友，僧人。据《苏轼诗集》卷一七《次韵僧潜见赠》施注：“僧道潜，字参寥，浙江於潜人。能文章，尤喜为诗，尝有句云：‘风蒲猎猎弄轻柔，欲立蜻蜓不自由。五月临平山下路，藕花无数满汀洲。’过东坡于彭坡，甚爱之，以书告文与可，谓其诗句清绝，与林逋上下，而通了道义，见之令人萧然。坡守吴兴，会于松江。坡既谪居，不远二千里，相从于齐安。留期年，遇移汝海（州），同游庐山，有《次韵留别》诗。坡守钱塘，卜智果精舍居之。入院，分韵赋诗，又作《参寥泉铭》。坡南

迁，遂欲转海访之，以书力戒，勿萌此意，自揣余生必须相见。当路亦捃其诗语，谓有刺讥，得罪，反初服。建中靖国初，曾子开在翰苑，言其非罪，诏复祝发。苏黄门每称其体制绝似储光羲，非近世诗僧所能比也。”

- **西兴浦口：** 即西兴渡口。傅注：“钱塘、西兴，并吴中之绝景。”
- **几度斜晖：** 这里指与参寥多次同观潮景，颇堪纪念。斜晖，傍晚的阳光。
- **“俯仰”句：** 言变化之迅速。俯仰之间，已经物是人非。
- **忘机：** 消除机巧之心，忘却世俗的烦恼。唐·李白《下终南山过斛斯山人宿置酒》诗：“我醉君复乐，陶然共忘机。”
- **“算诗”句：** 谓自己与参寥子并非普通好友，更是作诗的知己，非常难得。
- **“约他”四句：**《晋书》卷七九《谢安传》：“安虽受朝寄（在朝为大臣），然东山之志（指退隐）始末不渝，每形于言色。及镇新城（镇守广陵），尽室而行，造泛海之装，欲须经略粗定，自江道还车。雅志未就，遂遇疾笃，上疏请量宜旋旆（指病危返京）……遂还都。”谢安没有回去便病逝了，所以他回去的美好愿望未能实现。东坡此处反其意而用之，与好友参寥子约定，他年二人依旧在杭州西湖相见，并希望自己莫如谢安一般，愿望落空。

○ **“西州”三句：**用《晋书》卷七九《谢安传》事典。谢安外甥羊昙，与舅父相知相得，所以自从谢安被人从西州的路上抬回去病死之后，羊昙“辍乐弥年，行不由西州路。”有一天，他因为醉酒，经过此路，发现是舅父谢安临死前经过的路，不觉间痛哭流涕。东坡此处宽慰友人参寥子，不必像羊昙对谢安一样，走在对方走过的路上，为他痛哭。

◎西江月

苏州交代，林子中席上作。

昨夜扁舟京口，今朝马首长安。旧官何物对新官，只有湖山公案。

此景百年几变，个中下语千难。使君才气卷波澜，与把新诗判断。

宋哲宗元祐六年（1091），作于杭州。《咸淳临安志》“元祐六年二月诏轼为翰林承旨，是月癸巳，天章阁待制林希自润州移知杭州。”此词当作于是时。词中表达了东坡对自己奔波在仕宦之途中无可奈何的心境。

- **林子中：** 即林希，字子中，福州人。曾任起居舍人、中书舍人等职。
- **京口：** 三国吴时称为京城，后改京口。位于今江苏省镇江市，隶属于古代润州治所。宋·王安石《泊船瓜洲》诗：“京口瓜洲一水间，钟山只隔数重山。”
- **“旧官”句：** 唐·孟棨《本事诗·情感第一》：“此日何迁次，新官对旧官。笑啼都不敢，方验作人难。”词中旧官为东坡自指，因其即将奉诏离开杭州任，故有此言。新官代指即将上任的杭州太守林希（林子中）。

- **湖山公案：** 傅注："公倅杭日作诗，后下狱，令供诗帐。此言'湖山公案'，亦谓诗也。禅家以言语为公案。"

- **个中下语：** 其中，此中。唐·寒山《诗》之二五五："若得个中意，纵横处处通。"下语，措辞，用语。

- **才气卷波澜：** 此处极言才气之大，有如波涛一般壮阔。唐·杜甫《追酬故高蜀州人日见寄》诗："文章曹植波澜阔，服食刘安德业尊。"

- **判断：** 欣赏鉴别。唐·南卓《羯鼓录》记载，明皇游别殿，柳、杏将吐，睹而叹曰："对此景物，岂得不为他判断之乎！"

◎临江仙

辛未离杭至润，别张弼秉道。

我劝髯张归去好，从来自己忘情。尘心消尽道心平。江南与塞北，何处不堪行。

俎豆庚桑真过矣，凭君说与南荣。愿闻吴越报丰登。君王如有问，结袜赖王生。

题解

元祐六年（1091），作于润州。系东坡离杭返朝途中送别友人张秉道所作。《东坡先生年谱》：“元祐六年辛未，先生之去杭也，林子中复来替先生……过润州，作《临江仙》词别张秉道。”

- **润**：即润州，江苏镇江古称。
- **张弼秉道**：张弼，字秉道，杭州人。东坡好友。
- **髯张**：即张弼。《苏轼诗集》卷三三《与叶淳老、侯敦夫、张秉道同相视新河，秉道有诗，次韵二首》王文诰案：“秉道，名弼，杭人，公屡称髯张者也。”
- **忘情**：无喜怒哀乐之情，淡然自若。南朝宋·刘义庆《世说新语·伤逝》：“圣人忘情，最下不及情；情之所钟，正在我辈。”
- **尘心**：凡俗之心。唐·许浑《记梦》诗：“尘心未尽俗缘在，十里下山空月明。”

- **道心：**悟道之心。《尚书·大禹谟》："人心惟危，道心惟微。"
- **"江南"二句：**尘心消除之后，不论江南还是塞外，走到哪里都会了无牵挂。
- **俎豆庚桑：**俎豆，两种器物名称。即切肉用的"俎"和盛肉用的"豆"。后逐渐引申为祭祀之意。庚桑，即庚桑楚，《庄子》寓言故事中的人物。庚桑楚居畏垒之山三年，其地庄稼大获丰收，畏垒之民非常感激他，并且认为他是圣人，准备像敬神一样地崇奉他。但庚桑楚却以"畏垒之细民而窃窃焉，欲俎豆予于贤人之间"，而感到不安与烦恼。东坡以庚桑楚作比，言杭州人民不该为其画像、立祠，使得其受之有愧、心生不安。
- **南荣：**庚桑楚弟子南荣趎（chū），此处代指杭州人民。
- **吴越：**指今江苏和浙江一带。唐·李白《梦游天姥吟留别》诗："我欲因之梦吴越，一夜飞度镜湖月。"
- **"结袜"句：**《史记》卷一〇二《张释之冯唐列传》："王生者，善为黄老言，处士也。尝召居廷中，三公九卿尽会立，王生老人，曰'吾袜解。'顾谓张廷尉：'为我结袜！'释之跪而结之。既已，人或谓王生曰：'独奈何廷辱张廷尉，使跪结袜？'王生曰：'吾老且贱，自度终无益于张廷尉。张廷尉方今天下名臣，吾故聊辱廷尉，使跪结袜，欲以重之。'"此处以王生对张廷尉的帮助，代指那些曾经帮助过自己的杭州人民。

◎木兰花令

次欧公西湖韵。

霜余已失长淮阔，空听潺潺清颍咽。佳人犹唱醉翁词，四十三年如电抹。

草头秋露流珠滑，三五盈盈还二八。与余同是识翁人，惟有西湖波底月。

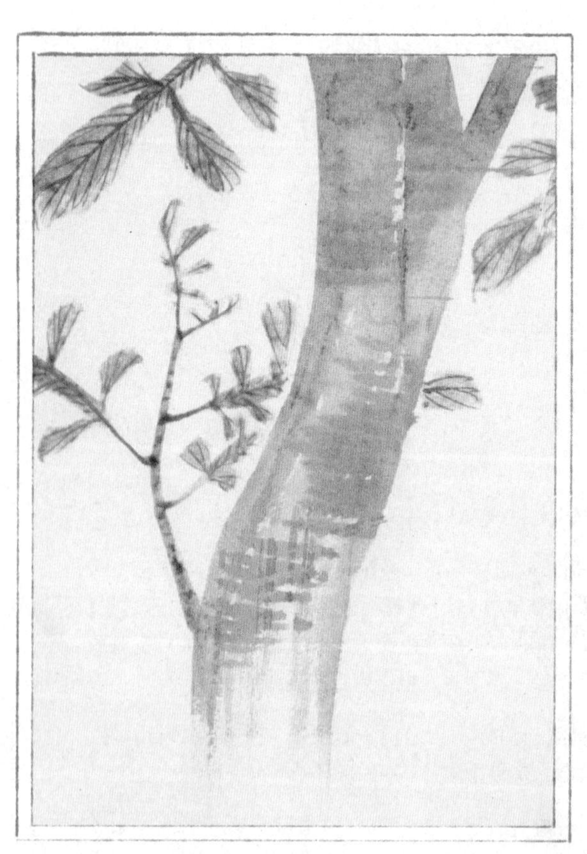

作于宋哲宗元祐六年（1091）八月二十四日。王文诰《苏诗总案》卷三四："元祐六年辛未八月，告下，除龙图阁学士、知颍州军州事。八月二十二日到颍州，二十四日'游西湖，闻唱《木兰花令》词，欧阳修所遗也，和韵。'"

- **"次欧"句**：欧阳修曾经作咏颍州西湖《木兰花令》词，今苏轼和欧阳修韵，故有此说。欧阳修对苏轼有知遇之恩，曾经对梅尧臣说："吾当避此人出一头地。"苏轼一生对欧阳修敬爱有加，感谢其提携之恩，尊其为师长。
- **潺潺**：水流动的样子。三国·魏曹丕《丹霞蔽日行》诗："谷水潺潺，木落翩翩。"
- **清颍**：《嘉靖一统志》卷二五《河南府一》："阳城县阳乾山，颍水所出，东至下蔡入淮。过郡三，行千五百里。"傅注："颍水有颍河、汝水。"

醉翁词：醉翁，指欧阳修。醉翁词，此指欧阳修所作的《木兰花令》咏西湖词。全词如下："西湖南北烟波阔，风里丝簧声韵咽。舞余裙带绿双垂，酒入香腮红一抹。杯深不觉琉璃滑，贪看六幺花十八。明朝车马各西东，惆怅画桥风与月。"

四十三年：欧阳修于宋仁宗皇祐元年（1049）作咏西湖词《木兰花令》，东坡于宋哲宗元祐六年（1091）作《木兰花令》词和之，中间相隔四十三年之久。

秋露流珠：秋日露珠。北周·庾信《奉和赐曹美人》诗："月光如粉白。秋露似珠圆。"流珠，水银的别名。

"三五"句：三五，指农历十五日。盈盈，月满貌。汉·刘熙《释名》卷一《释天》曰："望月，满之名也。月大十六日，月小十五日。"宋·陈师道《中秋夜东刹赠仁公》诗："盈盈秋月不余分，叶露悬光可数尘。"二八，指十六日。南朝宋·谢灵运《怨晓月赋》："昨三五兮既满，今二八兮将缺。"

"与余"二句：四十三年已过，恐怕只有西湖水下的明月与我能识得醉翁欧阳修了。

图书在版编目（CIP）数据

一蓑烟雨任平生：苏轼词. 中 / (加) 叶嘉莹主编；陆有富注. -- 北京：台海出版社, 2024.1
ISBN 978-7-5168-3650-7

Ⅰ. ①一… Ⅱ. ①叶… ②陆… Ⅲ. ①苏轼（1036-1101）– 宋词 – 诗歌欣赏 Ⅳ. ①I207.23

中国国家版本馆CIP数据核字(2023)第188638号

一蓑烟雨任平生：苏轼词 · 中

主　　编：(加) 叶嘉莹　　注　　者：陆有富

出 版 人：蔡　旭　　责任编辑：俞滟荣

出版发行：台海出版社
地　　址：北京市东城区景山东街 20 号　邮政编码：100009
电　　话：010-64041652（发行，邮购）
传　　真：010-84045799（总编室）
网　　址：www.taimeng.org.cn/thcbs/default.htm
E-mail：thcbs@126.com

经　　销：全国各地新华书店
印　　刷：北京中科印刷有限公司
本书如有破损、缺页、装订错误，请与本社联系调换

开　　本：787 毫米 × 1092 毫米　1 / 32
字　　数：393 千字　印　　张：25.5
版　　次：2024 年 1 月第 1 版　印　　次：2024 年 1 月第 1 次印刷
书　　号：ISBN 978-7-5168-3650-7

定　　价：198.00 元（全三册）

U0125601